Christiane CORAZZI

LE DÉFI DE VICTOR

Livio Éditions

Chapitre 1

Le calvaire de Victor

Comme chaque matin, Victor se réveilla la peur au ventre. Il se sentait perdu, emprisonné dans son mal-être et dans son corps. Sa sensibilité à fleur de peau faisait de sa vie un enfer. Tout ce qu'il entreprenait tournait invariablement à la catastrophe. Son existence était un désastre, pire un calvaire. A son grand désespoir, il méritait amplement le surnom que ses proches lui avaient donné : Victor la poisse.

La malchance lui collait à la peau depuis sa naissance. Né prématuré, Victor avait bien failli mourir avant même de naître. Cela n'augurait rien de bon pour la suite…Pourtant il avait trouvé en lui la force nécessaire pour survivre et le regrettait chaque jour davantage. Il n'avait que dix ans mais il avait l'impression d'avoir vécu cent ans déjà, tant chaque minute lui paraissait longue, éprouvante. Il osait à peine respirer tellement il avait peur de provoquer un nouveau cataclysme.

En classe, c'était l'horreur ; tous ses faits et gestes étaient constamment épiés par ses camarades, à l'affût d'une occasion de franche rigolade à ses dépens. Parfois même, il était victime de jeux d'humiliation de la part de certains. On le bousculait pour qu'il fasse tomber ses affaires, on lui faisait des croche-pattes pour le simple plaisir de le voir s'étaler comme une crêpe sur le sol, on jetait son sac contre le mur ou on le vidait de son contenu ; une fois même on l'avait enfermé dans les toilettes après lui avoir baissé son pantalon pour l'humilier…Et puis il y avait eu cette fois où on avait essayé de le pousser dans l'escalier...L'effroi l'avait saisi et depuis il était tétanisé quand il devait en descendre un. Successions d'événements traumatisants pour un jeune garçon en quête de sécurité et de repères…

Victor n'avait aucun ami sincère et se sentait très seul. Comment aurait-il pu en être autrement ? A qui faire confiance dans sa situation ? Constamment malmené, harcelé, persécuté, menacé, ridiculisé, il était la tête de Turc des autres enfants et ne voyait aucune issue à cette situation ; il se contentait de subir sans se rebeller, résigné, persuadé que rien ne changerait jamais et qu'il était condamné à souffrir. Pire encore, l'école était devenue une prison dans laquelle il ne supportait plus d'être enfermé, à la merci de ses harceleurs. Il y était quotidiennement vulnérabilisé, isolé, sans personne qui lui tende la main. Cet enfer répétitif était une véritable torture qui l'affaiblissait jour après jour.

Il en venait même à penser que c'était de sa faute, qu'il avait dû faire une grosse bêtise pour être puni ainsi. Sans doute était-il coupable... Mais de quoi ? Quel crime devait-il expier ? Il avait beau chercher, il ne voyait pas lequel et cela finissait par l'obséder. Le pire était peut-être de ne pas comprendre la raison de cet acharnement contre lui. Des idées noires le hantaient, qu'il cachait soigneusement à sa maman pour ne pas l'inquiéter. Pauvre Victor !

Annie, la mère de Victor, faisait de son mieux pour protéger son fils et lui remonter le moral mais elle ne prenait pas toujours la mesure de la souffrance du jeune garçon, de sa détresse. Comment l'aurait-elle pu ? Elle se disait qu'il était particulièrement maladroit et trop introverti mais que cela s'arrangerait avec le temps, qu'il fallait juste patienter, éviter de dramatiser. Elle se contentait de l'encourager à sa façon sans vraiment y parvenir, culpabilisant parfois de ne pas en faire plus, de se sentir impuissante.

Ce jour-là, Victor fut pris d'une angoisse encore plus forte que d'habitude quand il lui fallut sortir de son lit. C'était jour d'école ; pire encore, c'était lundi et il y avait piscine au programme. Or Victor avait peur de l'eau plus que de toute autre chose. Dans ses pires cauchemars, il y avait invariablement de l'eau et il devait lutter de toutes ses forces pour ne pas se noyer ; il se réveillait brutalement, en sueur, avec l'impression horrible de suffoquer. Dans ces conditions, comment ne pas craindre de se baigner, même dans le petit bassin ?

Rien que d'y penser, une douleur insupportable s'installa dans son ventre et il se recroquevilla pour tenter de la faire disparaître sans y parvenir. Il ferma les yeux mais ce fut encore pire. Un crabe lui rongeait les entrailles, à coup sûr…Plus il redoutait de se lever, plus il avait mal. Son crâne allait éclater. Il en était certain. Une envie soudaine de se taper la tête contre le mur pour faire taire la douleur le prit. Mais il aurait fallu pour cela sortir de son lit et il en était incapable. Alors il mit son oreiller sur sa tête pour que cela cesse, pour en finir…Mais quand il suffoqua il se ressaisit…Il ne pouvait pas laisser sa mère toute seule, elle n'avait que lui.

C'est à ce moment qu'elle entra dans la chambre et éclaira la lumière. Aveuglé, Victor s'enfonça un peu plus sous la couverture.

— C'est l'heure, Victor, il faut te lever, mon chéri.

Mais le petit garçon ne bougea pas, tétanisé. Puis un tremblement incontrôlable le saisit.

— Allons, un petit effort, réveille-toi.

Annie avait pris sa voix la plus douce pour encourager son fils. n'ignorait pas que le lundi était le jour le plus difficile de la semaine pour lui. Il lui faudrait user de toute sa force de persuasion pour le faire sortir du lit. Elle retint un soupir, souffrant presque autant que son fils de la situation. Comment l'aider à surmonter sa peur, lui redonner espoir ? Ce combat de chaque jour l'épuisait mais il était hors de question pour elle de baisser les bras. Elle n'en avait pas le droit.

La jeune femme élevait seule son fils. Elle n'avait personne pour la conseiller, l'accompagner, rendre sa tâche plus légère. Pas de famille proche. Pas d'amis car elle consacrait tout son temps à son travail et à son enfant. C'était lourd mais elle devait assumer son choix, envers et contre tout. Elle s'efforçait de toujours garder le sourire, de rester positive même quand tout allait mal.

Victor ne bougeait pas, refusant de quitter son refuge, sa bulle, le seul endroit où il se sentait un peu en sécurité, où il ne pouvait rien lui arriver de fâcheux.

— Allons, Victor, sois raisonnable, il faut te lever, je dois aller travailler. Nous allons être en retard.

— Je ne peux pas, hoqueta le jeune garçon, c'est trop dur ! S'il te plaît, maman, laisse-moi !

Plus elle insistait, plus Victor se sentait mal. La douleur était si forte qu'elle lui coupait le souffle ; il ne parvenait plus à respirer. Les fourmillements dans ses mains, ses bras et ses jambes s'intensifiaient. La crise d'angoisse le clouait au lit, plus puissante encore que les précédentes. Il n'aurait pas pu mettre un pied par terre, même s'il l'avait voulu.

Après avoir parlementé encore un moment, Annie s'avoua battue devant ses supplications et ses sanglots déchirants ; elle appela son médecin. Qu'aurait-elle pu faire d'autre devant la souffrance de son bébé ? Car pour elle, il n'était encore qu'un bébé sans défense qui luttait pour sa survie. Elle le revoyait dans sa couveuse, petite chose fragile, grimaçant de douleur. Elle avait été tellement malheureuse alors de ne pas pouvoir le prendre dans ses bras pour le réconforter, lui communiquer sa chaleur, son amour ! Elle éprouvait le même déchirement maintenant, le même tourment de ne pas parvenir à le rassurer, à l'apaiser. Elle s'en voulait de se sentir aussi impuissante.

Annie appela son bureau pour prévenir qu'elle attendait le médecin pour son fils et aurait un peu de retard qu'elle rattraperait le soir. Elle se confondit en excuses, une fois encore. Elle ne pouvait pas se permettre de perdre son travail. Jusque-là, son supérieur hiérarchique avait été plutôt compréhensif mais elle savait qu'elle ne devait pas abuser de sa bienveillance. Que la vie était donc cruelle parfois ! Pourtant il fallait aller de l'avant, coûte que coûte.

Le Docteur Dubosc arriva peu de temps après. Il connaissait la situation de la jeune mère et avait vu naître Victor. Celui-ci avait été le premier nourrisson dont il avait dû s'occuper lorsqu'il avait ouvert son cabinet. Comme il habitait dans le même immeuble il l'avait un peu pris sous son aile et n'hésitait pas à intervenir à n'importe quelle heure quand le petit faisait une crise d'angoisse, ce qui était de plus en plus fréquent depuis qu'il allait à l'école.

— Allons, mon garçon, tout va bien, tu es grand maintenant, lui dit-il avec douceur mais fermeté. Laisse-moi t'ausculter.

Victor se laissa faire. Il aimait bien le Docteur Dubosc. Il était la seule figure masculine de son entourage. Sa présence le rassurait et l'apaisait. Il aurait tellement voulu avoir un papa comme lui. La plupart des autres enfants de sa classe avaient un père qui venait les chercher à la sortie de l'école, les amenait faire du sport ou une autre activité. Lui ne faisait rien, il avait bien trop peur qu'il lui arrive une catastrophe. S'il avait eu un père pour le protéger il se serait senti plus fort et aurait osé affronter le regard des autres. C'était du moins ce qu'il pensait.

— Tout va bien, répéta le Docteur Dubosc. Tu vas pouvoir aller en classe.

Victor lui jeta un regard si désespéré que le médecin eut pitié de lui.

— Est-ce que cela t'aiderait si je t'y amenais moi-même ? demanda-t-il.

C'était ce dont l'enfant rêvait depuis longtemps, sans oser le demander. Un sourire éclaira son visage.

— Oh, oui ! Merci, docteur !

— Prépare-toi, je passerai te chercher en partant faire mes consultations.

— Merci, docteur, dit Annie, je suis confuse.

Son visage rayonnait autant que celui de son fils. Elle était reconnaissante au médecin de sa gentillesse et de sa patience. Mais elle craignait parfois que Victor ne s'attache trop à lui et ne se fasse des illusions. Il souffrirait encore plus le jour où il comprendrait que le Docteur Dubosc ne remplacerait jamais son père.

Annie avait été tellement blessée quand ce dernier l'avait quittée, le jour où il avait appris qu'elle attendait un enfant, qu'elle ne voulait pas accepter l'idée de refaire sa vie un jour. Jamais plus elle ne pourrait faire confiance à un homme, fût-il aussi adorable que le Docteur Dubosc. Et puis, il ne fallait pas rêver, il ne s'intéressait pas à elle…Il avait juste pitié de son fils…

Après le départ du médecin, un peu ragaillardi, Victor se leva, fit sa toilette, s'habilla puis avala rapidement son petit déjeuner. Il ne s'était jamais senti aussi heureux d'aller à l'école. Il était transformé. Un petit miracle dû à l'empathie du Docteur Dubosc ! Mais pour combien de temps ?

Chapitre 2

Un lundi pas comme les autres

Le Docteur Dubosc amena comme promis le petit Victor à l'école. Il le déposa devant la porte et attendit qu'il soit rentré pour démarrer, redoutant de le voir revenir vers lui en courant. Pendant le trajet, il avait fait de son mieux pour l'encourager et le rassurer mais il ne se faisait pas beaucoup d'illusions. Victor était terrorisé à l'idée d'affronter le regard des autres. Il se sentait différent et il en souffrait trop pour surmonter sa peur. Il ne parvenait pas à trouver sa place, à s'adapter, et de ce fait se sentait exclu. C'était un cercle vicieux dont il ne parvenait pas à sortir.

Pourtant ce jour-là, Victor fit un effort surhumain sur lui-même en franchissant le seuil de l'école sans trembler afin de respecter la promesse qu'il venait de faire au Docteur Dubosc. Il était temps pour lui de faire face à ses problèmes. Mais de quelle façon ? Il se sentait si malheureux, si effrayé…Le regard des autres le pétrifiait. Il serra les poings dans ses poches pour se donner du courage. Il allait lui en falloir beaucoup pour affronter ses camarades et leurs éternelles moqueries.

Dès qu'il fut dans la cour un grand blond le bouscula sans ménagement en lâchant un sonore :

— Alors la mauviette, prêt à faire un plongeon dans la piscine ?

— Un bon bain te fera du bien, tu pues, ajouta un autre en ricanant.

— Il ne doit pas y avoir de baignoire chez lui, il pourrait s'y noyer…

Un rire collectif ponctua ces mots. Lui qui ne demandait qu'à passer inaperçu était une fois de plus le point de mire de tous les élèves. Cet accueil ne présageait rien de bon pour la suite de la journée. Mais il devait faire le dos rond pour ne pas donner prise à la méchanceté de ses camarades. S'il ne montrait pas qu'il était blessé, peut-être le laisseraient-ils enfin tranquille. Victor essayait bien de mettre en pratique les conseils du Docteur Dubosc mais ce n'était pas aussi simple que celui-ci semblait le croire. Une fois de plus, il s'efforça de laisser passer l'orage mais l'humiliation subie quotidiennement l'affaiblissait davantage chaque jour, le rendant de plus en plus vulnérable.

Lorsqu'on est en butte aux brimades, au mépris des autres depuis sa plus tendre enfance il n'est pas facile de redresser la tête et de faire face. Plus les jours passent plus on a l'impression de s'enfoncer sous l'eau, de couler comme une pierre...Certains réagissent en devenant agressifs, en provoquant les autres pour prendre les devants au risque de se faire encore plus détester et de passer auprès des adultes pour des fauteurs de trouble. Mais Victor n'était pas de ceux-là. Il cherchait plutôt le salut dans la fuite et n'osait pas se plaindre auprès des enseignants qui auraient pu l'aider, craignant des représailles encore plus cruelles.

Ses institutrices successives avaient bien remarqué que Victor était mis à l'index mais elles ne voyaient pas tout ce qui se passait quand elles avaient le dos tourné. Les enfants savent parfois se montrer sournois autant que méchants dès qu'ils perçoivent la moindre faiblesse. Du coup, aucune d'entre elles ne s'était vraiment inquiétée de cette mise à l'écart ni de la souffrance que cela engendrait pour le jeune garçon, d'autant qu'il ne s'était jamais plaint de ce qu'il subissait.

Depuis quelques mois, Victor préférait avoir de mauvaises notes alors que c'était un élève brillant, pour éviter d'être traité d'intello et de chouchou de la maîtresse. Il se murait dans le silence au lieu de répondre aux questions de l'institutrice pourtant cela le crucifiait de se mettre dans la peau du mauvais élève pour qu'on l'oublie. Mais il n'avait trouvé que ce moyen d'échapper aux regards des autres, de devenir invisible, inintéressant ; c'était comme s'il s'effaçait lui-même. S'il pensait assez fort qu'il n'existait plus, peut-être que les autres finiraient par l'oublier et le laisseraient en paix. Mais jusqu'à présent son stratagème n'avait pas été payant, ses camarades s'acharnaient toujours sur lui, peut-être parce qu'ils n'avaient pas d'autre victime à se mettre sous la dent.

— Allons, les enfants, le car nous attend pour nous amener à la piscine. Prenez vos sacs et mettez-vous en rang en silence, annonça la maîtresse.

Ce qu'il redoutait tant allait arriver, ses bonnes résolutions avaient du plomb dans l'aile. La mort dans l'âme, Victor se leva, se plaça bon dernier dans la file, les mains moites, le cœur battant à tout rompre, refreinant non sans peine une envie de hurler sa peur. Ses jambes flageolaient au point qu'il se demandait s'il n'allait pas s'effondrer. Les regards narquois que lui lançaient ses camarades le bloquaient encore plus pourtant il n'avait pas le choix, il devait avancer coûte que coûte avec les autres, monter dans le bus comme on va à l'échafaud. Il serra les poings une fois de plus pour se donner du courage. Éviter de donner aux autres le plaisir de le voir pâlir. Éviter de laisser les larmes jaillir. Fermer les yeux et faire le vide. Puis penser à quelque chose d'agréable. C'était un conseil que lui avait donné le docteur Dubosc pour l'aider à vaincre ses démons. Mais rien ne lui venait à l'esprit en ce moment. Il se disait qu'il n'avait pas beaucoup de souvenirs heureux qu'il pouvait évoquer. Il ne partait jamais en vacances, faute de moyens. Il n'avait jamais vu la mer et le sable chaud dont on parlait dans les livres. Il ne pouvait même pas à se souvenir de son père puisqu'il ne l'avait jamais rencontré. Alors il pensa à sa mère. Cela calma un peu son angoisse. Si peu !

Assis au fond du car, tout seul, le jeune garçon s'efforçait de respirer calmement mais son cœur battait la chamade. Il espérait très fort que quelque chose empêcherait le véhicule d'arriver à bon port, un embouteillage ou même un accident, n'importe quoi qui lui permettrait d'éviter la redoutable épreuve de la piscine. Si fort que le choc brutal ne le surprit pas ! Alors que tous ses camarades hurlaient de peur, projetés les uns sur les autres, Victor resta d'un calme olympien, cramponné à son siège, réfrénant même un sourire qui l'aurait trahi.

Mademoiselle Bertin tenta de rassurer les enfants, vérifiant qu'aucun n'était blessé. En arrivant auprès de Victor, elle fut très étonnée de constater sa placidité ; elle crut tout d'abord que c'était la conséquence du choc, qu'il était tétanisé ; mais elle comprit très vite que, contrairement aux autres, il n'avait pas eu peur ce qui la laissa perplexe. Elle le savait émotif et craintif aussi son comportement présent avait de quoi la surprendre.

— Tout va bien, Victor ?

— Très bien, répondit-il laconiquement.

Déjà d'autres enfants réclamaient son attention aussi n'insista-t-elle pas. Dès qu'elle s'éloigna Victor poussa un soupir de soulagement. Elle n'avait pas deviné que c'était lui qui avait causé l'accident ! Victor en était persuadé, c'était à cause de lui que le car avait percuté un véhicule venant en sens inverse. Il l'avait souhaitée si fort, cette collision ! Heureusement, personne n'était sérieusement blessé, on ne déplorait que quelques bosses et de belles peurs. Mais après tout, ce n'était que justice que ses tourmenteurs souffrent un peu à leur tour ! Ils l'avaient bien mérité. Et plus question de piscine maintenant ! La malchance qui l'accablait depuis sa naissance allait peut-être enfin le lâcher, changer de camp. Et s'il suffisait d'y croire très fort ? Et si ses espoirs les plus fous se réalisaient enfin ? C'était trop beau pour être vrai mais il voulait s'en persuader. Peut-être que cela l'aiderait à avancer, à devenir plus fort, mieux armé pour affronter les autres, à grandir.

Le temps que le chauffeur remplisse le constat, qu'un autre autobus vienne les chercher, il ne leur restait plus qu'à retourner à l'école. Pas de piscine ce jour-là, au grand regret de certains et à l'immense soulagement de Victor ! L'accident alimentait toutes les conversations des enfants qui, pour une fois, se désintéressaient de lui, à sa grande satisfaction. Il allait pouvoir souffler un peu, reprendre confiance en la vie. Il se sentit soudain plus léger. Comme c'était agréable de voir s'éloigner la peur ! Si seulement cela pouvait durer !

Effectivement, ce lundi fut à marquer d'une pierre blanche. Depuis l'accident, la maladresse de Victor semblait s'être envolée. Comme il ne sentait plus le regard des autres braqué sur lui il agissait avec plus de naturel et commettait moins d'impairs. La journée de classe s'acheva donc sans qu'il subisse d'avanies de la part de ses camarades. C'est avec un grand sourire qu'il accueillit sa mère à sa sortie de l'école ; très inquiète après la séance du lever, elle était venue exceptionnellement le chercher.

— Comment s'est passée ta journée ?

— Super ! Le bus a eu un accident et nous ne sommes pas allés à la piscine, débita-t-il d'un trait.

— Comment ça, un accident ? Il n'est pas venu vous chercher ?

— Si, nous étions dedans quand il y a eu l'accident, répondit-il fièrement.

— Tu n'as rien ? Tu n'es pas blessé ? demanda la maman anxieuse.

— Mais non, tu vois bien. C'était génial !

Victor regretta aussitôt son enthousiasme que sa mère ne pouvait pas comprendre. Cela ne lui ressemblait si peu de se réjouir d'un événement qui, en temps normal, l'aurait rendu malade. La jeune femme ne savait si elle devait se féliciter ou s'inquiéter de cette réaction pour le moins étonnante et déplacée. Elle préféra ne pas trop creuser la question dans l'immédiat. Après tout, l'important était que son fils était indemne et de surcroît paraissait détendu et heureux ce qui n'arrivait pas si souvent. Cela suffisait à lui donner à elle aussi un peu de bonheur.

Ce lundi qui avait si mal commencé se terminait plutôt bien. Que demander de plus ? Annie avait appris à se satisfaire de peu depuis la naissance de Victor, à accueillir avec reconnaissance les petits moments de joie ou de détente qui lui étaient accordés.

<h1 style="text-align:center">Chapitre 3</h1>

<h2 style="text-align:center">Une heureuse surprise</h2>

Victor dormit mieux cette nuit-là, comme libéré d'un poids. Il fit encore quelques cauchemars mais ils n'étaient pas aussi horribles que les autres fois et ne le réveillèrent pas en sursaut comme d'habitude, trempé de sueur, le cœur battant à tout rompre. Il avait peut-être trouvé le moyen de contrecarrer le sort qui lui était contraire depuis ses premiers vagissements. Du moins il l'espérait de toute son âme. Il se réveilla donc plus reposé, moins angoissé que les autres matins. La douleur dans le ventre était toujours là, tapie, prête à se faire entendre, mais elle le laissait respirer, lui accordait un peu de répit. C'était toujours bon à prendre.

Il se leva sans trop se faire prier, prêt à faire un effort si la vie en faisait un aussi avec lui. Il espérait que le petit miracle de la veille se renouvellerait aujourd'hui, il voulait y croire. Annie l'observait, perplexe, se demandant ce qui avait provoqué ce changement, si minime soit-il, chez son fils. Elle se prenait à espérer que le déclic tant attendu avait enfin eu lieu, qu'il allait prendre confiance en lui. Quel soulagement ce serait de pouvoir aller travailler sans s'inquiéter pour lui !

Comme son estomac était moins noué par l'appréhension, Victor prit un petit déjeuner plus copieux que d'habitude. Il repensa aux événements de la veille, espérant que cette nouvelle journée lui apporterait de belles surprises. Il ne s'interdisait plus de positiver ce qui était déjà une avancée spectaculaire pour lui qui voyait toujours tout en noir. Pourtant, au fond de lui, persistait la crainte de se bercer d'illusions.

Quand sa mère le déposa devant l'école, l'angoisse revint d'autant plus inattendue et puissante qu'il espérait l'avoir domptée. Mais il était trop tard pour reculer, il ne lui restait plus qu'à pénétrer dans l'arène, tel un animal pris au piège. Comment ses camarades allaient-ils se comporter avec lui aujourd'hui ? Il n'allait pas tarder à le savoir.

Comme à son habitude, Victor chercha un coin tranquille pour attendre le moment de se ranger, espérant une fois de plus passer inaperçu. Il rentrait toujours le dernier et repartait de la classe quand tous les élèves en étaient sortis pour éviter de se faire bousculer cependant cette tactique ne lui évitait pas toujours les ennuis. Comme la maîtresse l'avait placé au premier rang il lui arrivait souvent de recevoir des projectiles dès que celle-ci avait le dos tourné. Il n'avait jamais osé se plaindre de peur d'attiser encore plus la haine des autres à son encontre. Hélas, cela passait pour une grande faiblesse à leurs yeux ce qui les incitait encore davantage à le persécuter.

Annie s'était bien aperçue qu'il y avait régulièrement des taches d'encre sur ses vêtements et lui en avait demandé la raison mais il n'avait jamais dit la vérité, trop cruelle pour être oralisée. Aussi portait-il toujours des vêtements aux couleurs sombres les jours d'école afin que cela ne se voie pas trop.

Ce matin-là, à peine était-il assis qu'il reçut un morceau de gomme sur l'oreille gauche. Il sursauta imperceptiblement et se recroquevilla sur lui-même tant était grande son envie de disparaître sous terre pour éviter ce qui suivrait certainement. Rien n'avait changé, tout au contraire. Il n'entendit même pas la question que lui posait Mademoiselle Bertin.

— Eh bien, Victor, viens corriger l'exercice de mathématiques au tableau, cela te réveillera, lui ordonna-t-elle, en souriant.

Il n'y avait aucune méchanceté dans ces propos qui provoquèrent pourtant un éclat de rire de la part de plusieurs potaches mal intentionnés.

— Si cela en amuse certains, leur tour de passer au tableau ne tardera guère, trancha la maîtresse, agacée par ces réactions intempestives.

Victor se leva comme au ralenti, se demandant encore s'il devait donner la version juste ou la version fausse. Il était certain d'avoir réussi cet exercice difficile mais cela allait encore lui attirer des inimitiés. Puis il se dit que de toute façon, cela lui retomberait dessus puisque les mêmes riraient de ses erreurs, trop heureux de le prendre en défaut. Alors il redressa la tête et décida de s'assumer. Il s'exécuta brillamment au grand regret de ceux qui auraient bien aimé qu'il se ridiculise. La maîtresse le complimenta ce qui lui mit un peu de baume au cœur.

Comme il le faisait souvent, Victor s'attarda auprès de celle-ci pendant la récréation sous prétexte de lui poser des questions afin d'éviter que les autres l'embêtent, ce moment étant le pire de la journée de cours pour lui, mais il ne put s'exonérer des quolibets habituels au moment de retourner en classe.

— Tu fais ton chouchou mais cela se paiera un jour, lui lança Jonathan qui n'avait pas sa langue dans sa poche et en abusait très souvent.

— Chouchou ! Chouchou ! reprirent deux autres comme en écho.

Victor fit mine de ne pas avoir entendu mais la menace fit mouche. Quoi qu'il fasse cela se retournait immanquablement contre lui. Et chaque fois, il avait l'impression de recevoir un coup de poignard dans le cœur. Une blessure béante qui ne se refermait jamais. Chaque fois plus profonde, plus douloureuse.

Il aimait apprendre et l'école eût été un lieu de plaisir pour lui s'il n'y avait pas eu les AUTRES. Il rêvait parfois d'avoir un précepteur pour lui tout seul comme dans les familles aisées jadis. Mais il savait bien que c'était impossible. Alors depuis qu'il savait lire il se réfugiait dans les livres où il puisait le peu d'espoir qui le faisait encore avancer. Quand il était plongé dans une histoire il était un autre, il était un héros, tout était possible. Il laissait son imagination s'envoler vers d'autres lieux, d'autres époques, d'autres milieux…Il se les appropriait et s'inventait des destins merveilleux où il pouvait montrer d'autres facettes de lui-même qui ne pouvaient exister dans la réalité mais qu'il pressentait confusément.

Même en cours, le rêve était pour lui une possibilité de s'évader du monde étriqué qui lui était imposé. Lorsqu'il s'ennuyait parce que la leçon ne progressait pas assez vite pour lui, Victor laissait son esprit vagabonder, en oubliant presque où il était, au point que Mademoiselle Bertin était parfois obligée de le rappeler à l'ordre, le ramenant brutalement dans la salle de classe.

— Tu es dans la lune, Victor, redescends sur terre !

Encore une occasion de s'attirer les lazzis de ses camarades ! Mais il ne pouvait s'en empêcher, c'était plus fort que lui. Et après tout, ces quelques instants de plaisir avaient un prix qu'il fallait bien payer.

La journée était bien engagée quand la directrice de l'école Jacques Prévert fit son entrée au beau milieu d'une leçon de géographie. Elle était accompagnée d'une fillette brune au teint mat et aux yeux en amande que tous fixèrent avec curiosité.

— Je vous présente votre nouvelle camarade, Bao. Je vous demande de lui réserver le meilleur accueil et de l'aider à s'intégrer à la classe. Je compte sur vous.

Tout naturellement, Mademoiselle Bertin plaça Bao auprès de Victor, certaine que le petit garçon se montrerait coopératif. Sur le coup, habitué à être seul, Victor fut un peu contrarié mais très vite le sourire de la fillette le conquit. D'autant qu'il capta des ricanements dans son dos…Il trouva le courage de lui sourire à son tour et quelque chose de très étrange se produisit alors. Un apaisement, une sensation de plénitude, comme s'il avait enfin trouvé ce qui lui manquait. Le désir aussi de se comporter comme les héros qu'il admirait tant. Il décida à cet instant précis qu'il serait son chevalier servant, qu'il braverait pour elle toutes les embûches qui se dresseraient entre eux.

— Bao, c'est très joli, murmura-t-il.

Il aurait aimé lui dire qu'elle était belle mais il n'osa pas. Il ne fallait pas brûler les étapes. Ce compliment était déjà beaucoup pour lui qui se tenait habituellement à l'écart des filles autant que des garçons et ne communiquait guère.

— Cela signifie « Trésor » en chinois, expliqua la fillette à voix basse. Et toi, c'est quoi, ton nom ?

— Victor, répondit-il dans un souffle.

Plus de doute, avec un nom pareil, elle ne pouvait être que la personne qu'il attendait pour l'aider à prendre son envol. C'était un signe, le second depuis hier. Sa vie allait changer…

Chapitre 4

La confrontation

Dans les heures qui suivirent cette belle rencontre, Victor se sentit transformé. Pour la première fois de sa jeune vie, il envisageait la possibilité d'avoir une amie avec laquelle échanger, communiquer, qui pourrait devenir sa confidente…Certes, il ne pouvait s'empêcher de se demander s'il ne se faisait pas des illusions, si son intérêt pour Bao serait réciproque, s'il aurait le courage de se lancer dans cette aventure. Mais il voulait y croire.

Après les cours, Bao et Victor étaient sortis ensemble de l'école sous les regards goguenards et les commentaires narquois de leurs camarades. Faisant fi de leur hostilité, Victor avait redressé le torse, adoptant une attitude désinvolte qui en dérouta plus d'un.

- Qu'est-ce qui lui prend, à cet avorton ?

- Qu'est-ce qu'il s'imagine ?

- Ils se sont bien trouvés, ces deux-là !

— Il va le payer ! Il ne perd rien pour attendre. On l'attend au tournant !

La maman de Bao attendait sur le trottoir, un peu en retrait des autres mères, et la fillette hésita un instant à lui présenter Victor mais elle y renonça. Elle se contenta de sourire à son petit camarade en lui disant :

— Merci pour ton accueil, on se revoit demain.

Victor s'en contenta, il fut même ravi. C'était la première fois qu'on le remerciait et qu'on lui parlait aussi gentiment. C'était un bon début. Il la regarda s'éloigner puis, pour la première fois, se mit à courir pour rentrer chez lui ; le trop plein de joie qui inondait son cœur avait besoin d'un exutoire. C'était un sentiment si nouveau pour lui, si déroutant aussi !

Le garçon attendit avec impatience que sa mère rentre du bureau pour lui raconter sa journée mais quand elle fut enfin là, il se tut. Comment exprimer ce qu'il ne comprenait pas très bien lui-même ? Et puis, il ne savait pas grand- chose sur Bao, ils n'avaient pas encore eu le temps d'échanger. En fait, il s'était emballé peut-être plus qu'il n'aurait dû, tellement avide d'un changement dans sa vie, d'un espoir qui le fasse sortir de la spirale infernale dans laquelle il se sentait enfermé depuis sa naissance. Et puis, il voulait garder pour lui ce sentiment nouveau, le savourer ; ce serait son jardin secret.

Pourtant il ne put cacher tout-à-fait son état d'esprit à sa mère qui fut fort intriguée par le grand sourire que son fils arborait. Elle sentait un frémissement, un début de changement dans son comportement. Elle n'osa pourtant pas l'interroger de peur qu'il ne rentre de nouveau dans sa coquille. Il ne se confiait jamais à elle bien qu'ils soient très proches l'un de l'autre, il ne lui avait jamais avoué les brimades auxquelles il était en butte à l'école. Il ne voulait pas qu'elle s'inquiète pour lui. Il voulait l'épargner. Et puis c'était trop douloureux à exprimer.

Quand l'heure fut venue de regagner son lit, moment qu'il affectionnait tout particulièrement, il eut du mal à s'endormir. D'habitude, il se réfugiait dans le sommeil, espérant même parfois qu'il ne se réveillerait pas, qu'une nouvelle journée de souffrance lui serait épargnée. Mais ce soir-là, il se repassa en boucle dans sa tête l'arrivée de Bao et les heures qui suivirent, essayant d'analyser ce qu'il avait ressenti alors. C'était si délicieux de se dire que quelqu'un l'appréciait enfin et lui témoignait quelque intérêt ! Pour une fois il souhaitait que la nuit fût courte pour pouvoir retrouver Bao plus vite.

La fatigue eut raison de lui. Ses rêves furent agréables, l'emportèrent vers des horizons inconnus, empreints de douceur, de calme, de sérénité comme ces estampes japonaises qu'il avait admirées quelques jours plus tôt dans un livre. Le visage de Bao lui apparut, fugace, énigmatique…Il lui sembla qu'elle l'invitait à le suivre.

A son réveil, sa première pensée fut pour la fillette. Un nouveau signe du destin ? Il n'en doutait pas. Pour la première fois depuis fort longtemps, il ne ressentit aucune douleur dans le ventre et se leva avant que sa mère ne vienne le tirer du lit. Comme elle était agréable, cette excitation qu'il sentait monter en lui ! Stimulante aussi !

Impatient de revoir Bao, il piaffa en attendant que soit prête sa mère qui le déposait devant l'école chaque matin ; tout le contraire de ce qui se passait d'habitude. Il guetta la fillette sur le chemin, le cœur battant, espérant arriver en même temps qu'elle. Soudain il l'aperçut devant la grille de l'école, entourée d'un groupe de garçons aux airs menaçants. Ils n'allaient tout de même pas s'en prendre à elle ! Ce qu'il ressentit à ce moment-là ne fut pas de la peur pour lui-même mais pour la fillette. Il détacha sa ceinture et sauta de la voiture dès qu'elle fut à l'arrêt sans même dire au revoir à sa mère puis se précipita vers Bao pour lui apporter son soutien.

Intriguée par le comportement inhabituel de son fils, Annie attendit pour voir la suite des événements. Un attroupement s'était constitué sur le trottoir et les enfants semblaient très excités. Médusée, elle vit son fils fendre la foule et se rapprocher d'une petite fille dont le calme apparent cachait mal un certain malaise. Immédiatement il fut pris à partie par des garçons qui semblaient mal intentionnés à son égard.

Annie descendit de sa voiture et s'approcha, bien décidée à intervenir si nécessaire tandis que d'autres parents regardaient la scène sans paraître s'en soucier et encore moins s'en offusquer. Que se passait-il dans cette école ? se demandait Annie, inquiète de la tournure que prenaient les événements. Elle pensait le quartier sûr et découvrait qu'il ne l'était peut-être pas autant qu'elle le croyait.

— Laissez Bao tranquille, dit Victor d'un ton qui se voulait ferme.

— De quoi tu te mêles, demi-portion ?

— Occupe-toi de tes oignons, bouffon.

— Ne t'inquiète pas, Victor, je peux gérer toute seule, intervint Bao pour calmer le jeu.

Mais Victor ne se laissa pas décourager. Il s'était promis de devenir le chevalier servant de Bao et n'allait pas renoncer si facilement. Pas question de se laisser intimider cette fois-ci, pas sous les yeux de Bao.

— Vous n'avez pas honte de vous en prendre à une fille ? leur demanda-t-il sans tenir compte de ce que la fillette disait.

— Et depuis quand t'es courageux, toi ? répliqua Quentin en ricanant.

— Il l'est certainement plus que vous, riposta Bao.

Avant qu'Annie n'ait pu intervenir, deux institutrices sortirent dans la rue et ramenèrent le calme en leur intimant l'ordre de rentrer dans la cour et de se mettre en rang pour aller dans leurs classes respectives.

— Tu ne perds rien pour attendre, pauvre nase, menaça Jonathan.

Annie était fière de son fils qui se montrait là sous un jour nouveau, heureuse aussi de voir qu'il sortait de sa coquille, qu'il s'affirmait enfin. Elle avait beaucoup souffert de le voir se replier sur lui-même, éviter les autres, fuir les confrontions. Non pas qu'elle eût souhaité avoir un fils bagarreur ou indiscipliné, mais elle voulait qu'il soit moins introverti, plus ouvert aux autres. Elle sourit en se disant que la petite fille qui semblait au centre de l'incident ne devait pas être tout-à-fait étrangère à ce changement. Victor ne parlait jamais de ce qui se passait à l'école mais elle décida de prendre rendez-vous avec l'institutrice pour en savoir un peu plus.

Chapitre 5

Le défi

Victor avait l'impression de vivre un rêve. Il avait tenu tête pour la première fois à ses camarades et Bao l'avait remercié avec un sourire qui le faisait flotter comme sur un petit nuage. Quel était son secret pour l'avoir métamorphosé ainsi ? Peut-être était-elle une magicienne venue d'un lointain pays…

La réalité était plus prosaïque. Ses parents avaient fui la Chine deux ans plus tôt parce que sa mère qui enseignait la poésie et la calligraphie à l'Université de Pékin avait été inquiétée par les autorités pour ses idées jugées subversives et sa participation à des manifestations interdites. Elle avait voulu que sa fille vive dans un pays libre et son intérêt pour la culture française l'avait poussée à choisir ce pays d'accueil. C'est ce qu'expliqua Bao à Victor pendant la récréation du matin.

— Et ton père, que fait-il ? demanda Victor très impressionné.

— Il enseigne les arts martiaux. Il vient d'ouvrir un dojo dans le quartier et pour l'instant, maman travaille dans le restaurant d'un lointain parent qui nous a accueillis à notre arrivée. Mais ce n'est que provisoire. Elle voudrait enseigner de nouveau. Pour l'instant, je suis sa seule élève.

— Tu as des frères et des sœurs ?

— Non, je suis fille unique, c'est assez fréquent en Chine même si ce n'est plus une obligation depuis quelques années. Les parents veulent donner les meilleures chances à leur enfant.

— Moi aussi, je suis seul.

Puis, en baissant la tête, le regard triste, Victor ajouta :

— Je n'ai jamais connu mon père. Maman ne veut pas m'en parler. Tu as de la chance d'avoir tes deux parents.

— C'est vrai que j'ai beaucoup de chance même si tout n'a pas été facile pour nous. Quitter son pays, apprendre une nouvelle langue, s'adapter à des coutumes différentes, ce n'est pas toujours simple. Mais c'est notre choix et nous faisons tout notre possible pour nous intégrer.

— Tu n'es en France que depuis deux ans et tu parles parfaitement bien le Français. Comment est-ce possible ?

— Maman aime votre langue et nous avions appris à la parler avant d'arriver.

Ils s'étaient isolés dans un coin tranquille de la cour de récréation pourtant leur conversation fut rapidement interrompue par un groupe de garçons qui cherchaient en en découdre après leur déconvenue du matin.

— Vous ne vous quittez plus, on dirait. Qu'est-ce que vous pouvez bien avoir à vous raconter ? demanda Quentin.

— Cela ne te regarde pas, risqua Victor, désappointé de voir ce moment gâché par une intrusion d'autant plus désagréable qu'elle l'empêchait d'en apprendre plus sur Bao.

— Je ne savais pas que tu parlais le chintoc, grinça Jonathan.

— Je n'ai pas la chance de parler le mandarin mais Bao s'exprime parfaitement bien dans notre langue, répliqua Victor.

— C'est quoi, le mandarin ?

— C'est le dialecte le plus parlé en Chine et c'est la langue officielle de ce pays. C'est aussi la langue la plus parlée dans le monde, débita Victor sans reprendre son souffle.

Bao parut impressionnée par cette remarque et elle ne fut pas la seule. La fillette ignorait que Victor savait autant de choses sur son pays. La sonnerie interrompit cette conversation et les enfants se rangèrent pour aller en cours.

— Demain, c'est mercredi, que comptes-tu faire ? demanda Victor à sa nouvelle camarade.

— Je vais étudier toute la journée pour rattraper mon retard et travailler aussi le mandarin et la calligraphie avec ma mère. Mes parents tiennent à ce que mes résultats soient excellents ; ils sont très exigeants.

— Ma mère travaille mais je vais passer la journée à la bibliothèque du quartier pour ne pas rester seul à la maison. J'aime la compagnie des livres.

Bao sourit.

— Dans ce cas, nous avons beaucoup de choses en commun.

— Tu pourrais demander à ta mère de t'inscrire à la bibliothèque, cela nous permettrait de nous retrouver en dehors de l'école, suggéra Victor.

— Pourquoi pas ! Ce serait sympa ! Mais je doute qu'elle accepte. Mes parents sont très stricts.

Victor considérait la bibliothèque comme sa deuxième maison et il y passait autant de temps qu'il le pouvait. Sa mère n'avait pas les moyens de lui acheter beaucoup de livres mais il lisait sur place et en ramenait chez lui autant qu'il le pouvait. Il comptait bien, dès le lendemain, rechercher tout ce qui se rapportait à la Chine pour en apprendre plus sur le pays d'où venait Bao. Sa curiosité était insatiable. Il aurait cependant aimé que la fillette soit auprès de lui pour le guider dans ses recherches. Cela faisait à peine deux jours qu'ils se connaissaient et il avait l'impression qu'elle faisait partie de sa vie depuis toujours. Sentiment étrange, doux et agréable !

Pour la première fois, il quitta l'école avec un peu de regret. Il regarda Bao s'éloigner avec sa mère comme la veille, un petit pincement au cœur à la pensée qu'il ne la reverrait pas le lendemain à moins que.... Tout lui semblait possible maintenant. Il ne pensait même plus à ses camarades qui l'attendaient peut-être un peu plus loin pour le harceler une fois de plus. Il leur avait tenu tête et, du coup, ils ne l'effrayaient plus autant. Même si Bao n'était pas là pour l'encourager de sa présence, il saurait maintenant les tenir à distance, du moins il l'espérait.

Il rentra sans encombre et, sans même prendre le temps de goûter, ouvrit un dictionnaire à la page des C, CH…Voilà CHINE ! Une page entière et une carte ! Super ! Il se plongea avec délectation dans cette lecture qui en aurait effrayé plus d'un, à son âge, mais ce n'était qu'une mise en bouche. Demain, il en apprendrait beaucoup plus, à coup sûr.

C'est à ce moment que Victor décida de se lancer un défi à lui-même : devenir un autre tout en préservant ce qu'il y avait déjà de positif en lui. Il sentait intuitivement que Bao et ses parents avaient beaucoup à lui apporter de par leur culture et leurs valeurs. Cette rencontre ne pouvait pas être seulement le fruit du hasard. C'était le début d'une nouvelle ère, d'une aventure qui l'aiderait à grandir. Certes, il avait conscience que tout n'allait pas changer d'un coup de baguette magique comme dans les contes, qu'il allait être mis à l'épreuve, qu'il devrait surmonter des obstacles pour se libérer définitivement de ses appréhensions et de ses blocages, de la peur des autres mais le désir de changer était là et bien là, ancré en lui, rassurant. Des pistes déjà se mettaient en place dans sa tête. Une en particulier : les arts martiaux. Quoi de mieux pour vaincre ses peurs ? Si seulement sa mère lui permettait de tenter l'expérience ! Il ne savait pas encore comment lui présenter la chose mais il devait lui parler de Bao et de ses parents, lui faire comprendre combien cette rencontre était importante pour lui, annonciatrice d'espoir.

Lorsque sa mère rentra il ne l'entendit pas, absorbé par sa lecture du dictionnaire, essayant de retenir chaque détail, captivé comme s'il lisait un roman d'aventures. Elle l'observa un instant, mi-amusée, mi-surprise avant de l'interrompre.

— Alors mon poussin, comment s'est passée ta journée ?

Pour la première fois, il répondit avec un accent de sincérité :

— Cool, maman !

Puis il débita sans prendre le temps de respirer :

— Il y a une nouvelle élève dans la classe, elle est géniale, elle s'appelle Bao, elle est chinoise, fille unique et je crois que nous allons devenir de grands amis.

Il ne pouvait pas garder plus longtemps son secret car il avait besoin de parler de Bao et sa mère était la seule personne à laquelle il pouvait se confier.

— Je suis très heureuse pour toi, tu as l'air très enthousiaste. Il faudra que tu invites ton amie un jour pour que je fasse sa connaissance.

Annie sourit. Ainsi elle avait vu juste ! Rien ne pouvait lui faire plus de plaisir que de voir son fils s'ouvrir aux autres.

Chapitre 6

La bibliothèque

Comme tous les mercredis, Annie déposa Victor à la bibliothèque municipale avant d'aller travailler. Une de ses connaissances, bibliothécaire bénévole, gardait un œil sur lui ce qui la rassurait. Quand son fils était plus petit elle travaillait à temps partiel pour s'occuper de lui ce jour-là. Mais elle ne pouvait plus se permettre de continuer maintenant qu'il était assez grand pour rester seul quelques heures. La bibliothèque était un bon compromis. Victor y était heureux au milieu des livres et en sécurité.

Le jeune garçon se précipita dans le rayon consacré à la géographie où il dénicha non sans mal deux livres consacrés à la Chine. C'était un début même s'il avait espéré en trouver plus. Il avait oublié de demander à Bao de quelle région elle venait. C'était un pays si immense en comparaison de la France ! Il s'installa dans son coin favori et se plongea dans sa lecture. Tous ces noms bizarres étaient difficiles à mémoriser mais il s'y efforça pour faire bonne impression sur Bao le lendemain autant que pour acquérir des connaissances.

Quand il eut achevé cette tâche, il était presque midi et la bibliothèque fermait jusqu'à quatorze heures. Il fallait qu'il trouve rapidement un document historique à emprunter pour occuper ces deux heures chez lui. Sa mère ne pouvait pas rentrer pour déjeuner mais lui avait préparé son repas qu'il prenait tout seul. Les jours d'école, il mangeait à la cantine, enfin, il s'efforçait d'avaler quelque chose mais son estomac noué et l'attitude des autres élèves ne l'aidaient guère. A dire vrai, c'était un moment particulièrement difficile pour lui, encore plus peut-être que la récréation. Personne ne voulait s'asseoir à côté de lui, du moins avant l'arrivée de Bao. Et il n'était pas rare qu'il ressorte de la salle avec des boulettes de pain ou autres dans les cheveux ou sur ses vêtements. Comment pouvait-on traiter ainsi la nourriture alors que des enfants souffraient de la faim dans le monde ? Sans parler de l'humiliation qu'on lui faisait subir un fois de plus…

Le rayon Histoire ne contenait qu'un seul livre sur la Chine, il n'eut donc pas l'embarras du choix. Il s'en empara et le présenta à la bibliothécaire pour qu'elle enregistre son emprunt.

— Tiens, tu t'intéresses à la Chine ? s'étonna-t-elle.

— Oui, mais je n'ai pas trouvé grand- chose, répondit Victor sur un ton qui laissait percer du désappointement.

— Je suis allée en Chine il y a quelques années et j'ai plusieurs documents qui pourraient t'intéresser. Je peux te les rapporter cet après-midi, si tu veux.

— Oh ! Merci ! Ce serait super !

— Eh bien, c'est entendu !

Victor était doublement ravi ; pour les documents mais aussi pour la perspective de pouvoir parler de la Chine avec quelqu'un qui l'avait visitée. Cela le rapprocherait encore un peu plus de Bao.

C'est la tête déjà farcie d'un tas d'informations qu'il se replongea dans sa lecture dès son arrivée à la maison, insatiable. Mais il dut faire une pause car, pour une fois, son estomac criait famine. Jamais il n'avait mémorisé avec autant de zèle et d'enthousiasme. Il découvrait que la Chine n'était pas seulement le pays d'où venaient la plupart des objets fabriqués actuellement à bas coût mais également une nation qui avait connu une civilisation très raffinée et à laquelle on devait des inventions telles que la boussole, la poudre, le papier et l'imprimerie. C'était vraiment passionnant.

Dès le début de l'après-midi, il retourna à la bibliothèque, impatient de découvrir ce que Madame Dufour lui avait ramené. Il ne fut pas déçu. Cette personne aimait préparer ses voyages pour ne pas risquer de passer à côté de l'essentiel. Grâce à elle, Victor allait bientôt être incollable sur la question lui aussi…

Mais quelle ne fut pas sa surprise de voir arriver Bao et sa mère ! La fillette avait su la convaincre de l'inscrire à la bibliothèque. Rien ne pouvait réjouir Victor davantage. Ils pourraient s'y retrouver le mercredi, à l'abri des regards et des moqueries de leurs camarades de classe. C'était super !

En fait, ce fut à sa voix qu'il la reconnut car il était plongé dans sa lecture à leur arrivée. Ce ne pouvait être qu'elle, il aurait reconnu ce léger accent n'importe où. Un accent charmant qui lui allait si bien ! Il se leva bien vite pour aller à leur rencontre.

— Bonjour Bao, je suis heureux que tu aies pu venir !

La fillette se retourna et lui fit un sourire qui le ravit.

— Maman, voici le camarade dont je t'ai parlé.

— Je suis enchantée de te rencontrer, ma fille n'a cessé de me parler de toi depuis son arrivée à l'école.

Le cœur de Victor battit plus vite ; ainsi Bao s'intéressait à lui… C'était si nouveau pour lui, si réconfortant de se sentir apprécié.

— Montre-moi ce que tu lis, proposa Bao.

Victor l'entraîna vers son coin favori tandis que la mère de Bao procédait à l'inscription de sa fille.

— Tu vois, je me documente sur ton pays. La bibliothécaire m'a prêté sa propre documentation, elle a eu la chance de visiter la Chine et j'espère que je pourrai y aller un jour moi aussi.

Le visage de Bao s'assombrit.

— Je ne sais pas si j'y retournerai un jour. Mon pays me manque parfois.

— Je comprends, murmura le garçon, un peu gêné d'avoir provoqué bien involontairement ce moment de tristesse.

Mais Bao se reprit bien vite, elle n'avait pas pour habitude de se laisser aller. Ses parents avaient fait un choix difficile dans son intérêt aussi n'avait-elle pas le droit de s'apitoyer sur son sort. On lui avait appris à tirer le meilleur parti d'une situation quelle qu'elle soit et elle s'y appliquait avec constance. Elle sourit à Victor qui se sentit soulagé.

— Peut-être que cela t'aidera de me parler de ton pays pour ne pas l'oublier. J'ai hâte d'en savoir plus.

— Pourquoi pas…

La mère de Bao vint vers eux, interrompant la fillette.

— Tu peux emprunter un livre ensuite nous rentrerons, tu dois travailler ton mandarin.

— Bien maman.

— Si tu veux, je peux te conseiller l'un de mes livres préférés, s'empressa de proposer Victor pour prolonger un peu leur tête à tête.

— Volontiers !

Il l'entraîna dans le rayon littérature jeunesse qu'il connaissait sur le bout des doigts pour y avoir passé de longs moments de plaisir intense à lire les quatrièmes de couverture dans l'espoir de découvrir la pépite qui allait lui apporter le dépaysement, l'évasion qui lui étaient absolument nécessaires pour supporter son quotidien fait de douleurs, de rebuffades et de mépris. En lisant, il devenait un autre, il vivait par procuration, en quelque sorte.

— As-tu lu Robinson Crusoé ? Il m'est arrivé souvent de l'envier de vivre seul sur son île déserte.

Sa voix s'enroua sous le coup de l'émotion. Bao le regarda, étonnée, sentant confusément qu'il cherchait à lui confier un secret d'une grande gravité. Il faudrait qu'elle en sache plus, mais une autre fois, hélas, car sa mère l'appelait déjà pour la presser de faire son choix.

— Je vais suivre ton conseil, dit-elle à Victor, et nous pourrons parler de ce livre ensemble.

Cela lui parut le meilleur moyen de donner à son ami l'occasion de s'épancher. Tous deux avaient hâte de se retrouver le lendemain à l'école. C'est donc avec un petit pincement au cœur qu'ils se séparèrent. Victor regarda Bao s'éloigner avant de reprendre sa lecture puis il eut un peu de mal à se concentrer sur ce qu'il lisait ce qui le surprit fort. D'habitude, rien ne pouvait le distraire quand il avait un livre entre les mains. Bao exerçait certainement un pouvoir très fort pour parvenir à réaliser ce prodige ! Victor sourit en se remémorant ces trois derniers jours où le cours des événements avait pris un tournant pour le moins étonnant.

C'est le cœur plus léger qu'il quitta la bibliothèque à l'heure de la fermeture pour rentrer chez lui. Demain serait un autre jour qui peut-être lui apporterait d'autres bonnes surprises. Il voulait y croire.

A son retour à la maison, Annie se réjouit du sourire qui éclairait le visage de son fils. Certes, le mercredi était toujours un jour de répit dans la semaine, une respiration en quelque sorte. Mais elle sentit quelque chose de spécial dans l'attitude de Victor, qu'elle ne parvenait pas à identifier.

— Ta journée s'est bien passée ? demanda-t-elle d'un air détaché, espérant provoquer les confidences de son fils.

— C'était chouette !

Mais Victor n'en dit pas plus et Annie n'osa pas insister. Même quand tout semblait aller bien le dialogue restait difficile entre eux, ce qui la chagrinait, mais elle ne parvenait pas à forcer les confidences. Timide elle-même, la jeune mère ne savait pas comment s'y prendre, en dépit de l'amour inconditionnel qu'elle portait à son fils.

Chapitre 7

Tentative de racket

A peine avait-il pénétré dans la cour de l'école que Victor fut entouré par un groupe de garçons plus grands et plus costauds que lui, à l'attitude belliqueuse. Il s'efforça de les regarder sans baisser le regard pour leur signifier qu'il n'avait pas peur d'eux, comme le lui avait conseillé le Docteur Dubosc, mais il avait bien du mal à maîtriser le tremblement qui agitait ses mains fourrées dans ses poches. L'effort qu'il faisait sur lui-même était immense, à la mesure de son désir de se montrer digne de Bao. C'était à elle et à elle seule qu'il voulait penser en cet instant, à ce qu'elle ferait et dirait si elle était à sa place.

— Alors, avorton, tu veux passer ? demanda Nathan. Il va falloir nous donner quelque chose en échange. T'as un téléphone portable ?

— Même si j'en avais un je ne vous le donnerais pas, répondit Victor le plus calmement qu'il put.

— Pas mal, ton blouson. Je crois qu'il irait à mon petit frère. Tu es plutôt gringalet pour ton âge, dit un autre sur un ton volontairement blessant.

— Tu peux toujours courir…

Les regards se firent plus menaçants et le cercle se resserra autour de lui, le mettant encore plus mal à l'aise. C'était la première fois qu'il se faisait racketter ; jusque-là, il s'était agi surtout de moqueries et d'agressions verbales, on lui avait fait des farces de mauvais goût, on l'avait un peu bousculé mais sans grande violence. Victor comprit que ses camarades avaient l'intention de passer la vitesse supérieure ce qui l'affola un instant. Puis il se dit que s'il cédait une fois à cette menace ce serait une histoire sans fin. Il serait pris dans un engrenage.

— Tu oses nous défier, bouffon ? Tu crois peut-être faire le poids face à nous, ricana Jordan.

— Ce nase n'oserait jamais, répliqua d'un ton méprisant un garçon que Victor ne connaissait pas.

Sans doute était-il nouveau, peut-être était-ce lui qui était à l'origine de cette escalade dans la violence. Victor était perplexe. Pourquoi se comportaient-ils ainsi ? Avaient-ils compris qu'il était en train d'échapper à leur emprise et voulaient-ils s'assurer que la peur le tétaniserait de nouveau ? Il devait leur résister coûte que coûte. Plus facile à dire qu'à faire !

Cela faisait déjà une semaine que Bao avait fait irruption dans la vie de Victor, bouleversant son quotidien au-delà de toute espérance. Elle lui apportait une douceur et en même temps une force qui lui faisaient défaut jusque-là. Elle l'apaisait, le rassurait tout en lui insufflant un courage dont il ne se serait jamais cru capable.

Il y a encore quelques jours, jamais il n'aurait trouvé en lui la vigueur nécessaire pour répondre à ses tortionnaires. Il se serait effondré. Le fait même d'émettre des sons le surprenait au point que cela l'incitait à continuer dans cette voie.

— Je ne vous donnerai rien, fichez-moi la paix, articula-t-il avec assurance. Laissez-moi passer.

— Et qu'est-ce que tu comptes faire pour nous empêcher de te prendre ce que tu ne veux pas nous donner ? demanda le nouveau en ricanant.

Tous firent un pas en avant, resserrant le cercle dans lequel Victor se trouvait pris comme dans une nasse. Son souffle se fit plus court, il eut l'impression de manquer d'air mais il tint bon.

— On dirait un poisson hors de son bocal, ricana Nathan qui l'observait avec la plus grande attention. Qu'est-ce qu'il est drôle !

Victor avait bien conscience qu'ils jouaient avec ses nerfs en y prenant un vif plaisir qu'ils faisaient durer pour en jouir plus longtemps. Combien de temps ce petit jeu allait-il se prolonger ? Jusqu'où étaient-ils prêts à aller ? Se contenteraient-ils de l'effrayer ou passeraient-ils vraiment à l'action ? Quelqu'un allait-il se décider à les disperser, à lui venir en aide ou ne devait-il compter que sur lui-même ? Toutes ces questions tournaient en boucle dans la tête du jeune garçon. Le temps lui paraissait comme suspendu, aussi figé que son propre corps.

Soudain la sonnerie retentit. C'est à regret que le groupe se fissura à l'appel des enseignants.

— Tu ne perds rien pour attendre, minable, nous reprendrons cette conversation après les cours, menaça celui qui semblait être le meneur.

— Ne t'imagine pas que tu es tiré d'affaire, renchérit Nathan. A tout à l'heure !

Victor ne répondit rien. A quoi bon ? Il avait été sauvé par le gong et le KO n'était pas pour tout de suite. Satisfait d'être parvenu à leur tenir tête, il avait bien l'intention de mettre à profit ce répit pour échafauder une stratégie de résistance. Il chercha Bao des yeux et la vit qui venait vers lui.

— Qu'est-ce qu'ils te voulaient ? lui demanda-t-elle.

Après un instant d'hésitation, Victor décida de tout lui dire au risque de perdre son estime.

— Ils me persécutent depuis des années, et là, ils voulaient me racketter, avoua-t-il en hoquetant, honteux et dépité.

Il ne pouvait plus nier l'évidence, Bao étant assez fine mouche pour avoir deviné ce qui se passait.

— Tu ne dois pas te laisser faire, je t'apprendrai quelques techniques pour te défendre s'ils deviennent trop menaçants mais il faut surtout leur montrer qu'ils n'ont pas de prise sur toi. Pour l'instant, allons en cours, on en reparlera pendant la récréation.

Bao l'entraîna vers l'endroit où ils devaient se ranger. Elle avait horreur d'être en retard. Victor, un peu rasséréné, la suivit en se disant qu'il n'était plus tout seul maintenant.

D'une certaine façon, il avait l'impression d'avoir crevé l'abcès en se confiant à sa jeune amie. Confusément il prenait conscience que c'était le début d'une nouvelle ère où la peur allait enfin être combattue, qu'il sortirait victorieux de cette lutte car pour la première fois il avait su dire non. Ragaillardi, il pénétra dans la salle de classe.

Lorsque l'institutrice l'envoya au tableau un peu plus tard, il se retourna pour affronter les regards, fixant sans sourciller ceux qui ricanaient pour tenter de le déstabiliser. Après l'incident qu'il venait de vivre, il lui fallait rassembler tout son courage pour se concentrer sur l'exercice. Il y parvint cependant à la grande déception des camarades qui avaient tenté de l'intimider un peu plus tôt et espéraient lui voir perdre tous ses moyens. Loin de se décourager, ceux-ci prirent alors conscience que s'ils voulaient garder leur emprise sur Victor il allait falloir qu'ils deviennent encore plus agressifs à son encontre, qu'ils ne lui laissent aucun répit pour le briser définitivement.

Quand Victor regagna sa place, il sentit peser sur lui une menace comme si on le bombardait d'ondes négatives. La plupart des élèves lui étaient hostiles par suivisme plus que par véritable méchanceté mais la force du groupe peut être redoutable lorsqu'on y est confronté, un véritable laminoir qui vous broie, vous anéantit. Un tsunami. Il s'était souvent demandé pourquoi personne ne l'aimait et ce qu'il avait bien pu faire pour provoquer une telle animosité. Il avait retourné ça dans sa tête mille fois sans trouver de réponse si bien que cette quête l'avait encore plus affaibli. On a encore plus de mal à accepter ce que l'on ne comprend pas.

Le sourire de Bao était un phare dans la tempête. Elle le sauverait du désespoir, il en était certain. Elle lui montrerait le chemin qui mène à l'estime de soi et à la paix intérieure, mais aussi comment gagner le respect des autres.

Pendant la récréation, Victor confia à Bao son désarroi, sa crainte de ne pas être à la hauteur, de finir par céder une fois de plus à la pression qui lui faisait perdre tous ses moyens.

— Tu n'es plus tout seul, je vais t'aider mais il faut que tu parles à ta mère, que tu te confies à elle comme tu viens de le faire avec moi. Demande — lui de t'inscrire au cours d'arts martiaux de mon père. Il t'apprendra à prendre confiance en toi et à dominer ta peur. Tu dois faire un travail sur toi-même pour avancer.

— Tu as raison. Je ne voulais pas inquiéter maman mais je me rends compte que je ne peux pas continuer ainsi. Merci d'être là pour moi ! C'est tellement nouveau ! Je n'ai jamais eu d'ami, avoua Victor. Veux-tu être mon amie ?

— Je suis déjà ton amie, répondit la fillette d'une voix très douce.

Bao était très mature pour son âge ; ce qu'elle avait vécu en Chine puis en France depuis son arrivée, l'éducation qu'elle avait reçue, tout cela l'avait armée pour affronter les difficultés et y faire face. Elle voulait partager son expérience avec Victor afin de lui communiquer sa détermination, lui insuffler la volonté nécessaire pour se tirer de ce mauvais pas. Rien ne peut être accompli sans opiniâtreté et persévérance, elle le savait en dépit de son jeune âge.

La journée se termina sans autre incident. Demain serait un autre jour !

Chapitre 8

Le Dojo

Ce fut un samedi, quelques jours plus tard que Victor pénétra pour la première fois dans le dojo du père de Bao avec Annie. La fillette était parvenue à le convaincre d'avouer à sa mère le harcèlement scolaire dont il était victime. La jeune femme fut effondrée à la pensée que son garçon avait subi tout ça sans qu'elle l'ait deviné. Certes elle s'était bien rendu compte que quelque chose clochait mais jamais elle n'aurait pu penser que des enfants puissent ainsi en martyriser un autre en toute impunité. Elle se sentait coupable d'avoir minimisé les malaises de son fils, d'avoir négligé ses appels au secours. Elle s'en voulait de ne pas avoir été assez à son écoute, probablement par peur de voir la vérité en face. Il était grand temps qu'elle prenne les choses en mains.

Dès le lendemain, elle demanda un rendez-vous avec l'institutrice pour faire le point avec elle sur la situation, ce qu'elle aurait dû faire bien plus tôt. Celle-ci, tout aussi surprise, promit d'être plus vigilante et de prendre les mesures qui s'imposaient. Mais Annie avait conscience de la complexité du problème. Une partie de la solution devait venir d'elle et de Victor lui-même. Elle devait aider son fils à prendre confiance en lui pour résister aux pressions qu'il subissait, le rendre plus fort et elle ne pouvait le faire seule. Elle se disait aussi que Victor avait probablement besoin d'une présence masculine protectrice pour l'épauler, lui donner l'équilibre qui lui manquait. Aussi accepta-t-elle de tenter l'expérience des arts martiaux. Tout valait mieux que de rester sans rien faire.

Bao présenta Victor à son père, Cheng, dont le prénom, précisa-t-elle en souriant, signifiait accomplir, réussir. Cela parut de bon augure au jeune garçon. Il était certainement entre de très bonnes mains. La sérénité qui émanait du visage de Maître Cheng acheva de le rassurer.

Avant de venir, Victor s'était documenté sur les arts martiaux avec le sérieux dont il faisait preuve en toute chose ; il avait découvert que les arts de combat chinois étaient composés de centaines de différents styles et écoles, souvent mal compris et méconnus des Européens qui s'en faisaient une idée simpliste. Par ailleurs, Bao lui avait un peu expliqué en quoi consistait la pratique de son père mais cela lui paraissait étrange et compliqué au point qu'il fut à plusieurs reprises sur le point de renoncer. Pourtant il ne voulait pas décevoir son amie.

Le jeune garçon pénétrait dans l'inconnu avec appréhension en dépit de son désir d'aller de l'avant. Tout ce qui le sortait du cocon qu'il s'était lui-même tissé l'effrayait, avait tendance à le paralyser. Son propre corps maladroit était le premier obstacle. Il ne parvenait jamais à le faire obéir comme il l'aurait souhaité ce qui était désespérant pour lui. Il s'y sentait prisonnier. Il aurait tellement voulu être comme les héros des livres d'aventure qu'il affectionnait par — dessus tout ! Pourrait-il apprendre ici à se libérer de ce carcan ?

— Bonjour Victor. Sois le bienvenu ! déclara Maître Cheng en s'inclinant.

Puis, comme s'il lisait dans ses pensées, Maître Cheng ajouta :

— Rassure-toi, aujourd'hui, tu ne feras que regarder. Tu pourras me poser toutes les questions que tu voudras après le cours.

Cela convenait tout à fait au jeune garçon qui sentit les battements de son cœur ralentir, reprendre un rythme normal.

Impressionné, il assista donc pour la première fois de sa vie à une leçon de kung-fu. Bao qui faisait partie des élèves lui adressa un petit signe de connivence avant de prendre sa place. Après s'être salués, tous s'assirent à même le tatami puis Maître Cheng appela le premier élève.

Victor était fasciné par le spectacle qui se déroulait sous ses yeux. Filles et garçons de son âge ou un peu plus âgés attendaient leur tour pour se mesurer d'abord au Maître puis à leurs condisciples. Chacun était concentré, attentif à la prestation des autres et aux conseils du Maître. C'était très différent de l'atmosphère d'une salle de classe. Le jeune garçon attendait avec impatience de voir Bao évoluer sur le tatami. Il ne fut pas déçu. La fillette était époustouflante, gracieuse et en même temps d'une rigueur incroyable. Sous sa fragilité apparente se cachait une force tranquille qui l'enthousiasmait. S'ils s'attaquaient à elle les mauvais garçons s'en mordraient les doigts, à n'en pas douter.

Il faillit applaudir tant son admiration était grande mais il se retint à temps. Ce n'était apparemment pas dans les usages ! Il se contenta donc de lui adresser un regard admiratif lorsqu'elle regagna sa place. Il nota au passage que Maître Cheng s'était montré encore plus critique avec elle qu'avec les autres élèves alors qu'elle lui avait paru parfaite dans son exécution. Cela ne manqua pas de l'étonner et il en déduisit qu'il devait être un père très exigeant. Il comprenait mieux pourquoi Bao était peu disponible. Manifestement ses parents attendaient beaucoup d'elle, ce qui ne devait pas être toujours facile à vivre. Chaque situation a ses avantages et ses inconvénients, se dit-il. Mais il l'enviait tout de même un peu. Si sa mère en faisait autant peut-être parviendrait-il à se surpasser, à donner le meilleur de lui-même.

C'était également ce que se disait Annie qui assistait elle aussi à la démonstration. Il était temps pour elle de permettre à son fils de sortir de ses jupes, d'explorer d'autres horizons. En le surprotégeant, elle ne le préparait pas à affronter le monde rude, parfois cruel auquel il serait de plus en plus confronté. S'il subissait la méchanceté de ses camarades en primaire, cela risquait fort d'être encore pire au collège et au lycée. Elle avait lu la veille un article concernant le harcèlement scolaire des ados sur les réseaux sociaux qui l'avait horrifiée. Certains étaient déscolarisés suite à des traumatismes qui les poursuivraient peut-être toute leur vie, les rendant inaptes à une vie sociale normale. Cette perspective la terrorisait, la poussait à réagir. Il était hors de question que son bébé subisse ça. Elle devait se battre à ses côtés pour l'en épargner. Si Victor était prêt à vivre l'expérience du kung-fu elle l'y encouragerait de son mieux.

Lorsque la leçon prit fin Bao se précipita vers le jeune garçon pour lui demander si cela lui avait plu.

— J'ai adoré. Tu m'as vraiment impressionné ! Jamais je ne serai capable d'en faire autant.

— C'est le résultat de plusieurs années de travail, tu sais. Mais je ne vois pas pourquoi tu ne pourrais pas y arriver toi aussi. Il faut croire en soi et se donner les moyens de réussir.

— Je n'aurais pas pu dire mieux que Bao, ajouta Maître Cheng qui les avait rejoints. Tout est possible à celui qui se montre assidu et persévérant.

— Je veux bien essayer si maman est d'accord.

— Bien sûr, Victor, approuva Annie.

— Dans ce cas, je compte sur toi samedi prochain, ajouta Maître Cheng en les saluant pour prendre congé. Si tu le souhaites tu peux assister au cours suivant pour ta familiariser avec nos pratiques. Je te laisse en compagnie de Bao.

Victor était ravi. Il avait très envie de rester là, autant pour assister à d'autres leçons que pour être avec Bao. Annie accepta. Elle aussi désirait en savoir plus sur cette discipline pour mieux accompagner son fils dans cette démarche, lui montrer tout l'intérêt qu'elle portait à cette expérience. C'était sa façon de l'encourager dans cette voie dont elle espérait beaucoup, bien déterminée à tirer son fils de ce mauvais pas.

Des élèves plus âgés et expérimentés évoluèrent ensuite sur le tatami sous le regard admiratif de Victor, fasciné par le spectacle. C'était une véritable révélation pour lui qui avait peur de tout. Pourrait-il jamais obtenir une telle maîtrise de son corps ? Il en doutait beaucoup mais il n'en demandait pas tant. L'important était de surmonter son appréhension de l'inconnu et de tenter l'aventure.

Chapitre 9

Les petits caïds

Tandis que Victor attendait avec impatience sa première leçon de kung-fu, la routine de l'école avait repris son cours. Ses tourmenteurs qui n'avaient pas baissé les bras continuaient à le harceler, si sûrs d'eux qu'ils n'avaient pas décelé le changement dans le comportement de leur victime. Ils prenaient pour acquis qu'ils pourraient continuer à agir en toute impunité autant qu'ils le voudraient puisque jusqu'à présent personne ne s'était jamais dressé sur leur chemin.

Certes ils avaient bien noté que Bao leur tenait tête mais ils étaient persuadés qu'ils parviendraient à la briser sous peu. Après tout ce n'était qu'une fille ! Si Victor était leur proie préférée parce que la plus facile à terroriser cela ne les empêchait pas de jeter leur dévolu sur d'autres souffre-douleur dès que l'occasion se présentait. Bien sûr, ils s'attaquaient de préférence aux plus jeunes et aux plus fragiles, facilité oblige.

Hors de l'école, ils s'accoquinaient avec de plus grands et de plus endurcis qu'eux qui les incitaient à mettre la barre toujours plus haut. Il y avait fort à parier qu'en grandissant ils deviendraient des délinquants que plus rien n'arrêterait si personne n'intervenait pour les mettre au pas au plus vite. Ils prenaient de jour en jour plus d'assurance, imbus d'eux-mêmes, certains que nul ne pourrait jamais les contrôler, éprouvant une sorte d'ivresse à nuire, étonnante chez d'aussi jeunes enfants. Chacun porte en soi une part d'ombre qui ne demande qu'à s'épanouir quand les circonstances sont favorables.

En classe, Mademoiselle Bertin redoublait de vigilance depuis son entretien avec Annie et sanctionnait vigoureusement tout dérapage mais c'était plus compliqué dans la cour de récréation, sans compter qu'elle n'avait aucune prise sur ce qui se passait à l'extérieur de l'établissement. Elle convoqua quelques parents pour les alerter sur le comportement de leur progéniture mais la plupart soutenaient leur rejeton qui selon eux était un petit ange incapable d'aussi mal se conduire. Un coup d'épée dans l'eau ! D'autres promirent d'intervenir mais rien ne se produisit.

Paradoxalement, ces interventions renforcèrent encore la détermination de nuire et de se venger de Nathan, Quentin, Jonathan et les autres…Pire encore ils firent des émules auprès de ceux qui pensèrent qu'il valait mieux être du côté des bourreaux que des victimes. Les petits caïds de l'école avaient leurs fans en mal d'émotions fortes. Ils étaient populaires ce qui les confortait encore un peu plus dans leur désir de faire le mal. La société leur donnait parfois l'exemple au plus haut niveau, alors pourquoi se gêner ! Quant à l'autorité parentale défaillante, elle avait joué son rôle dans cette faillite du système dont les victimes étaient de plus en plus nombreuses. Bien sûr, ce genre de comportement avait toujours existé mais auparavant il y avait des garde-fous qui avaient disparu ces dernières années. Tout concourait donc à rendre la situation inextricable. Jusqu'où irait-on avant de prendre des mesures pour en venir à bout ? Qui se lèverait pour dénouer ce drame qui prenait plus d'ampleur chaque jour ?

Victor se disait parfois que si tous ceux qui étaient harcelés comme lui s'unissaient pour résister, ils seraient plus forts et parviendraient à se défendre. Comme un contre-pouvoir en quelque sorte ! En fait, ce rêve, il le faisait depuis qu'il avait rencontré Bao parce qu'il ne se sentait plus aussi seul. Il se prenait à espérer qu'avec son aide il pourrait être l'élément fédérateur de cette alliance nouvelle des faibles contre les forts. C'est bien ce que feraient les héros des romans d'aventure dont il raffolait ! Mais passer de l'imaginaire à la réalité n'était pas si aisé !

Il s'en ouvrit à Bao par un beau matin de printemps où tout lui paraissait possible.

— Ton idée me plait, elle prouve que tu es enfin prêt à relever la tête. Mais il ne faut pas brûler les étapes comme on dit dans votre langue. On ne va pas affronter son adversaire sans préparation. Nous en parlerons à mon père, il sera de bon conseil.

Cette réponse conforta Victor dans sa résolution. Avec l'aide et le soutien de Bao et de Maître Cheng, il ne doutait plus que l'avenir lui sourît. Il pouvait enfin se projeter dans un futur plus optimiste, chasser les idées noires qui envahissaient trop souvent son cerveau, envisager un monde plus serein où l'espoir était permis.

Victor était dans cet état d'esprit lorsqu'il les vit soudain, barrant le trottoir à quelques mètres de lui. La prudence aurait commandé qu'il traverse sans tarder pour les éviter comme il l'avait déjà fait maintes fois. Pourquoi aller au-devant des ennuis quand on peut les déjouer ? Sauf que ce jour-là, il refusa de fuir. Sans même ralentir son pas, il se dirigea vers eux avec un calme apparent qui le surprenait lui-même. C'était un peu comme s'il s'était dédoublé, comme s'il était sorti de son corps pour affronter ce danger qui terrorisait encore une part de lui-même. Son nouveau moi l'entraînait vers l'inconnu tandis que l'ancien lui criait de déguerpir.

Médusés, les autres le regardaient fixement, s'attendant à le voir décamper d'une seconde à l'autre. Ils restaient sans voix, tellement ils étaient surpris par l'attitude de leur victime préférée qui allait se jeter dans leurs griffes sans qu'ils aient eu à lever le petit doigt. C'était presque trop beau ! Trop facile !

Emporté par son élan, Victor butta sur eux.

— T'es devenu cinglé ! s'exclama l'un d'eux. Où comptes-tu aller comme ça ?

Le jeune garçon ne prit même pas la peine de répondre et chercha à se frayer un chemin tête baissée dans le groupe comme un joueur de rugby capable de toutes les audaces pour garder le ballon ovale, comptant peut-être sur l'effet de surprise. Tentative suicidaire à y bien réfléchir ! Mais Victor ne réfléchissait pas, il n'était plus tout à fait lui-même.

Un instant déstabilisé, le groupe se ressaisit et se referma sur lui. L'occasion était trop belle pour la laisser passer ! Bousculé, écrasé, tabassé avec une violence inouïe, Victor perdit connaissance. Il n'avait même pas cherché à se défendre, à rendre les coups. Puis ce fut une envolée de moineaux, laissant le pauvre garçon seul, gisant sur le sol, le visage ensanglanté. Aucun d'eux n'avait tenté de lui porter secours…Un acte gratuit déclenché par un sentiment de toute puissance et d'impunité.

La police arriva en peu de temps, alertée par un passant, puis les pompiers, au moment où Victor reprenait conscience. Tandis que le jeune garçon était pris en charge un témoin racontait la scène avec forces détails à un policier. Il était trop loin pour intervenir et tout s'était passé très vite mais il avait filmé la scène avec son téléphone après avoir appelé les secours.

Malgré la douleur, Victor ne regrettait pas son geste. Il espérait que cela fasse réagir les adultes, que ses tourmenteurs soient enfin punis pour ce qu'ils lui avaient fait subir. Cette agression ne pouvait pas rester impunie, elle ne devait pas l'être. Sinon tout cela n'aurait servi à rien. Maintenant il fallait qu'il aille jusqu'au bout, qu'il dénonce, qu'il donne des noms en dépit de la crainte de représailles qui lui nouait le ventre. Il se demandait où il avait trouvé la hardiesse de les affronter de la sorte. Un coup de folie, sans doute ! Mais maintenant que c'était fait il ne pouvait plus faire marche arrière. Les jeux étaient faits ! Alea jacta est ! Il devait assumer.

Une demi-heure plus tard, Victor se retrouva aux Urgences où sa mère le rejoignit.

— C'est bon, maman, ce n'est pas grave, je n'ai presque pas mal, lui dit-il en grimaçant de douleur.

Ce côté bravache étonna quelque peu Annie mais les yeux enflés de son bébé, ses pommettes tuméfiées, ses lèvres éclatées étaient les seules choses qui importaient pour elle.

— Mon pauvre petit, dans quel état ils t'ont mis ! Ils se sont acharnés sur toi ! Je ne veux plus que tu rentres seul de l'école. On va trouver une solution.

Un médecin lui assura qu'il n'y avait pas de traumatisme crânien et que les blessures étaient spectaculaires mais sans gravité. Selon lui, Victor ne s'en tirait pas si mal. D'ici quelques jours, tout serait rentré dans l'ordre, tout du moins sur le plan physique. Il lui conseilla néanmoins de consulter un psychologue pour qu'il aide son fils à surmonter ce choc.

Jamais Annie n'avait imaginé que la situation allait prendre cette tournure, qu'un tel acte gratuit était possible. C'était inconcevable, inadmissible ! Elle était atterrée, se sentait coupable de ne pas avoir anticipé le danger. Mais tout comme son fils, elle avait bien l'intention de se battre bec et ongles pour que justice soit rendue.

Chapitre 10

Le retour à l'école

Un mois était passé depuis l'agression de Victor. Les cauchemars avaient repris de plus belle en dépit de sa résolution de combattre sa peur, le réveillant en sueur et en pleurs. Les nausées et les vomissements étaient revenus et cette douleur dans le ventre qui le pliait en deux, lui coupait le souffle. Les tremblements aussi qui le secouaient, qu'il ne parvenait pas à maîtriser quand l'angoisse était trop forte. Des migraines lui vrillaient la tête. Il revivait la scène en boucle chaque nuit, toujours plus violente, plus insupportable.

Le jeune garçon avait probablement trop présumé de sa force à s'opposer à ses agresseurs. Il n'était manifestement pas prêt. Il aurait dû écouter Bao, suivre ses sages conseils. Il avait agi avec impulsivité, peut-être pour la première fois de sa vie, forçant sa nature et le payait cher. Ses espoirs avaient été brutalement anéantis, ce qui avait pour conséquence de le faire régresser au moment où il s'y attendait le moins.

Annie craignait que sa phobie de l'école soit encore plus forte maintenant c'est pourquoi elle préféra le garder quelques jours à la maison pour s'assurer que sa santé n'avait pas trop pâti de cette terrible expérience. Une fois de plus, elle fit appel à son voisin, le Docteur Dubosc, qui fit de son mieux pour calmer les angoisses de Victor, le remettre sur pieds. Mais ce dernier savait que la solution ne se trouvait pas dans une médication qui ne faisait qu'atténuer les symptômes sans s'attaquer à la cause du mal. Ce n'était qu'un emplâtre sur une jambe de bois.

Bao lui apportait chaque jour le travail à faire pour l'école et lui racontait sa journée, l'encourageant à ne pas renoncer à mener une vie normale. Elle était désolée pour lui d'autant plus qu'elle se rendait bien compte que ses exhortations à aller de l'avant ne portaient pas leurs fruits.

— Si tu ne retournes pas à l'école ils auront gagné, ils se sentiront encore plus fort. Tu ne dois pas leur donner une raison de se réjouir. Et puis tu me manques trop !

— Je vais revenir bientôt, lui promettait chaque jour Victor, malheureux à l'idée de la décevoir.

Mais plus il reculait l'échéance plus cela devenait difficile pour lui de l'envisager. Heureusement les vacances de printemps allaient lui assurer un répit indispensable au retour d'un équilibre précaire. Puis il lui faudrait tenir jusqu'à la fin de l'année scolaire. Après ce serait le collège. Un autre contexte. La perspective de la nouveauté ! Il espérait sans trop y croire qu'il n'y retrouverait pas ses tourmenteurs, qu'il pourrait s'y épanouir enfin, donner le meilleur de lui-même sans craindre d'être mis à l'index. Pourvu que Bao soit dans la même classe que lui !

Victor s'efforçait de faire bonne figure devant son amie mais l'avenir l'effrayait de nouveau. Que lui réservait-il ? Allait-il parvenir à surmonter sa phobie ? Bao, quant à elle, était persuadée que son père pouvait l'aider. Encore fallait-il que Victor accepte de retourner au dojo et même cela lui faisait peur maintenant. Sa volonté semblait être annihilée depuis l'incident. Mettre un pied hors de l'appartement lui paraissait impossible. Comment reprendre confiance en soi après une telle expérience ?

Annie, quant à elle, commençait à se demander si elle n'avait pas commis une erreur en le gardant à la maison. Ne dit-on pas que lorsqu'on tombe de cheval il faut remonter aussitôt dessus ? Sa propre peur s'était surajoutée à celle de son garçon ce qui n'était pas une bonne chose. Elle avait bien essayé d'agir, de porter plainte mais les agresseurs n'avaient guère été inquiétés. Un seul rappel à l'ordre puisqu'il ne s'agissait pas d'une récidive ! Combien d'agressions faudrait-il pour qu'ils soient sanctionnés et mis hors d'état de nuire ? Ils n'étaient que des enfants certes mais pouvaient-ils agir en toute impunité pour cette seule raison ? Son fils allait-il être privé d'école parce que l'institution était impuissante à régler la situation ? C'était comme si la victime devenait le coupable. Coupable d'être faible, différent. Quelle injustice ! Tout comme Victor, elle était assaillie de questions qui restaient sans réponse.

Puis vint le jour où, contre toute attente, Victor accepta de se lever et de se préparer pour aller à l'école. La nuit avait été moins mauvaise que les précédentes. Les arguments de Bao avaient fini par faire mouche. Et puis surtout la fillette lui manquait, il avait envie de passer de nouveau une journée entière avec elle, retrouver cette complicité qu'il redoutait de perdre s'il restait confiné chez lui. Pour rien au monde il n'aurait voulu qu'elle pense qu'il était lâche au point de renoncer à se battre.

En choisissant d'être amie avec lui, Bao s'était elle-même fait mettre au ban de la classe, cela s'ajoutant au fait qu'elle était nouvelle et chinoise de surcroît. Il ne pouvait pas la laisser seule plus longtemps. Quoi qu'il lui en coûte, il devait retourner à l'école ou du moins essayer. Il lui devait bien ça.

Le jeune garçon prit donc son courage à deux mains en franchissant le portail de l'école, observé par sa mère qui s'attarda un long moment sur le trottoir, s'attendant plus ou moins à le voir revenir vers elle en courant comme cela s'était déjà produit par le passé. Bao, arrivée depuis peu, se précipita vers lui, le visage éclairé d'un sourire lumineux qu'il considéra comme sa plus belle récompense pour l'effort immense qu'il venait de fournir.

Tous les regards étaient de nouveau fixés sur lui mais il y discerna des sentiments divers, confirmés par l'attitude adoptée par ses camarades. Certains vinrent spontanément vers lui pour prendre de ses nouvelles et lui souhaiter un bon retour tandis que d'autres plus hostiles semblaient le considérer comme un pestiféré à éviter. Il était évident que quelques enfants avaient pris conscience de la gravité de ce qu'il avait subi, se montrant compatissants et solidaires, ce qui était nouveau et porteur d'espoir. D'un mal peut toujours sortir un bien. Peut-être fallait-il un acte grave pour réveiller les consciences…

Après avoir chaleureusement accueilli Victor, la maîtresse commença son cours par un rappel au règlement intérieur assorti d'un discours moralisateur qui fut diversement accueilli. Mademoiselle Bertin se disait parfois qu'il serait sage de remettre à l'honneur le quart d'heure de morale par lequel les instituteurs de la Troisième République commençaient jadis la journée de classe. Il aurait plus que jamais sa raison d'être à une époque où le « chacun pour soi » était la règle, où les enfants étaient rois. Remettre les choses en perspective et chacun à sa place lui paraissait nécessaire mais elle n'avait pas vraiment les coudées franches pour agir comme elle l'aurait souhaité. Son inspectrice ne partageait pas son point de vue et elle avait des comptes à rendre à sa hiérarchie. Cependant elle fit de son mieux pour que le retour de Victor ne soit pas trop éprouvant pour lui.

Cette première journée se déroula sans incident majeur malgré quelques tentatives avortées de Quentin et de Nathan pendant la récréation. Mademoiselle Bertin et Bao veillaient, aidées de quelques élèves qui avaient enfin pris conscience de la gravité de la situation et entouraient leur infortuné camarade avec gentillesse. Mais combien de temps cette sollicitude durerait-elle ? Même si cela lui faisait chaud au cœur, Victor avait le sentiment qu'il ne pourrait pas toujours compter sur les autres pour le protéger, il devait trouver le moyen d'être plus autonome.

Annie ne voulant pas que son fils rentre seul de l'école, la mère de Bao s'était proposée pour le raccompagner chez lui. Ainsi toute mauvaise rencontre serait évitée. La jeune femme en profita pour tenter à son tour de convaincre Victor de retourner au dojo, persuadée que son mari pourrait lui venir en aide, d'une manière ou d'une autre. L'injustice et la violence lui étaient insupportables. Elle n'avait pas quitté son pays pour y être confrontée de nouveau ici. Et puis Bao avait su plaider la cause de son ami auprès de ses parents.

Victor finit par accepter, conscient que c'était peut-être sa seule chance de surmonter enfin sa peur.

Chapitre 11

Première leçon

C'est ainsi que le samedi suivant Victor se rendit pour la deuxième fois au dojo de Maître Cheng en compagnie de sa mère. Comme lors de sa première visite, il assista tout d'abord à une leçon donnée à des élèves déjà expérimentés pour qu'il puisse s'imprégner de l'esprit de la discipline enseignée en ce lieu. Victor avait bien compris qu'il ne s'agissait pas uniquement d'un sport mais d'une manière de sentir, d'appréhender les choses, de se comporter. C'était précisément ce qui lui plaisait et ce dont il avait besoin.

Bao l'avait prévenu que l'apprentissage serait long et nécessiterait de la constance et de la persévérance de sa part mais le garçon savait qu'il en serait capable dans la mesure où il serait persuadé que cela l'aiderait. Aussi sous un calme apparent cachait-il une excitation qui le surprenait lui-même. Jamais il n'aurait cru éprouver un tel plaisir à se trouver ici après l'agression qu'il avait subie au point qu'il regrettait maintenant d'avoir tant retardé ce moment. Se replier sur soi n'est pas une bonne chose, pas plus que se laisser envahir par la peur qui paralyse et vous empêche de vivre normalement.

Il avait fait un premier pas en retournant à l'école, il était temps de passer la vitesse supérieure pour progresser dans ce combat de chaque jour contre ses propres démons. D'autant qu'il ne se trouvait pas ici dans les mêmes dispositions d'esprit qu'en classe. Il avait choisi de venir, on ne le lui avait pas imposé. Cela faisait une grande différence pour lui.

Quand vint son tour de fouler le tatami, Victor ressentit une jubilation intérieure qu'il n'avait encore jamais éprouvée. Tout en imitant les gestes du Maître, il prenait conscience de son propre corps qu'il avait considéré jusque-là comme un boulet qu'il lui fallait traîner, une entrave qui l'empêchait d'être lui-même, une prison dont il ne parvenait pas à s'échapper. Soudain son corps n'était plus son ennemi, il se rendait compte qu'il parvenait à le faire obéir au-delà à toute espérance. Cette révélation le comblait de satisfaction.

De temps à autre, Victor envoyait un rapide regard dans la direction de Bao, guettant ses encouragements et son approbation. Sa présence lui était d'un grand secours lorsqu'il sentait la fatigue le gagner. Elle lui donnait la force de continuer, de repousser ses limites. Il ne voulait surtout pas la décevoir.

Jamais il n'avait autant sollicité ce corps rebelle qui l'avait trahi bien des fois, qui lui avait fait honte, qui l'avait désespéré. Sans doute avait-il eu tort de le considérer avec un tel mépris, de ne pas lui avoir fait confiance. Sans doute fallait-il s'aimer soi-même pour être aimé des autres…. Et cela ne s'apprend pas en quelques heures !

Quand le cours s'acheva Victor reçut les conseils avisés de Maître Cheng avec une quasi vénération. Jamais encore il n'avait ressenti une joie aussi intense. Pour la première fois, il ne s'était pas senti emprunté, ridicule, différent. C'était comme si quelque chose s'était débloqué en lui, le révélant à lui-même. Ce n'était qu'un début, bien sûr. Rien n'était gagné, tout était à conquérir mais il faut un début à tout.

— Tu as assuré, lui dit un peu plus tard Bao.

— C'était génial, jamais je n'aurais pensé y arriver.

— Tu dois te faire confiance.

CONFIANCE ! Ce mot résonnait dans sa tête, remplissait tout l'espace. C'était le mot clé, celui sans lequel rien n'est possible. Le garçon était submergé par ses émotions. Des émotions nouvelles, agréables qu'il aurait voulu prolonger pour se sentir vivre enfin. Être comme les autres…Ne plus être mis à l'écart, rejeté. Ici on ne le regardait pas comme un pestiféré, on ne se moquait pas de lui. Au contraire. Il faisait partie d'un groupe. Enfin !

Annie était très fière de son fils. Elle se réjouissait de ce début prometteur même si elle savait que le chemin serait long et qu'elle devrait gérer les moments de découragement ou de doute qui surviendraient inévitablement.

Elle l'accompagnerait de son mieux comme elle l'avait toujours fait. Maintenant qu'elle connaissait tout ce que Victor avait enduré elle était plus à même de comprendre sa souffrance, ses réactions et peut-être parviendrait-elle à trouver avec lui les bonnes solutions. Elle voulait y croire. Elle était reconnaissante à Bao et à Maître Cheng de l'empathie qu'ils avaient montré à l'encontre de son fils, lui permettant d'entrevoir une issue positive à son calvaire. C'était réconfortant pour elle aussi de ne plus se sentir seule pour porter ce lourd fardeau.

— J'ai hâte d'être à samedi prochain ! s'exclama Victor.

— Je suis fière de toi, mon chéri, tu semblais très à l'aise pour une première fois.

— Je ne voulais pas vous décevoir, Bao et toi.

— Tu ne me décevras jamais, tu es un petit garçon plein de ressources qui a juste besoin d'en prendre conscience et de croire en lui. Tu es sur la bonne voie maintenant, tu ne dois jamais l'oublier pour surmonter les obstacles que tu rencontreras. La vie n'est pas toujours simple mais il faut garder le cap.

— Merci maman d'être là pour moi.

— Je serai toujours là pour toi, ne l'oublie pas. Mais il faut me promettre de tout me dire désormais. S'il se passe quelque chose à l'école ou hors de l'école tu dois m'en parler. Tu ne dois pas te replier sur toi.

— D'accord.

Victor était encore réticent sur ce point mais il savait que sa mère avait raison. Cela lui permettrait peut-être de relativiser certains événements, certains comportements blessants, en adoptant la bonne attitude envers ceux qui le harcelaient. Apprendre à vivre avec les autres n'était pas facile, hélas. Mais aujourd'hui il avait appris que c'était possible. Et cela le réconfortait.

Chapitre 12

Petites réflexions philosophiques

Dans les semaines qui suivirent, Victor progressa de jour en jour, lentement mais sûrement, dans sa quête de la confiance en soi, ce qui eut pour effet de modifier le regard des autres et leur attitude à son égard. Son intégration dans la classe se poursuivit donc au-delà de ses espérances. Pourtant tout n'était pas réglé pour autant. Quelques malfaisants persistaient dans leur volonté de lui mener la vie dure afin de réduire à néant tous ses efforts. Les mauvaises habitudes sont difficiles à perdre d'autant que Nathan, Quentin et les autres chenapans de l'école étaient particulièrement endurcis au contact de grands frères qui les encourageaient à se montrer encore plus teigneux.

Surtout ils ne voulaient pas perdre la face devant leurs camarades. S'ils renonçaient à s'en prendre à Victor ce serait considéré comme un aveu de faiblesse de leur part par certains, les précipitant du même coup à leur tour dans le camp des vaincus et des lâches. Le pire cas de figure pour eux ! Ils se sentaient pris à leur propre piège. Il arrive que l'on soit prisonnier de l'image que l'on donne de soi aux autres. Une image qui ne vous correspond pas toujours exactement, comme un vêtement trop grand ou trop petit.

Tandis que Victor se rêvait dans la peau d'un héros accomplissant de grandes choses eux se croyaient faits pour endosser celle de mauvais garçons que tous craignaient. Pourquoi avoir choisi si tôt des voies aussi différentes qui risquaient d'impacter toute leur vie ? Quelle était la part de la génétique et celle des paramètres tels que la famille, la société, la classe sociale dans lesquels le hasard ou le destin les avait placés ? Quel petit grain de sable dans l'engrenage pouvait un jour tout faire basculer, modifiant à tout jamais la trajectoire ? Pourquoi les prisons étaient-elles pleines d'individus qui n'avaient pas su ou pu faire le bon choix ? Tout se joue-t-il dans l'enfance, et même dans la petite enfance, alors qu'on a une connaissance du monde encore faible ou inexistante et qu'on est facilement influençable ? Notre destin est-il programmé ou avons-nous vraiment la liberté de choisir la voie que nous voulons prendre ?

En dépit de son jeune âge, Victor se posait parfois certaines de ces questions. Alors qu'il se sentait au fond du trou après son agression, il avait dévoré « Les Misérables » de Victor Hugo et il voulait croire que chacun pouvait avoir une deuxième chance dans sa vie, comme Jean Valjean et Cosette. Encore fallait-il savoir la saisir ! Au fond de lui, il ne parvenait pas à haïr les camarades qui l'avaient brutalisé. Il s'efforçait de leur trouver des circonstances atténuantes depuis qu'il avait appris que l'un d'eux était régulièrement battu par son père. On pouvait donc être à la fois victime et bourreau ! La violence engendre la violence. Les enfants battus deviennent parfois eux-mêmes des tortionnaires quand ils sont adultes, comme enfermés dans un schéma qui se répète à l'infini. Rien n'est jamais tout blanc ou tout noir ! La vie n'est faite que de nuances, d'un camaïeu de gris.

De son côté, ces dernières semaines, la mère de Victor s'était documentée sur le harcèlement scolaire et ce qu'elle avait découvert lui avait fait froid dans le dos. Pour l'instant, son fils était un fervent lecteur mais que se passerait-il lorsqu'il ferait ses premiers pas sur le Net ? Le danger était omniprésent sur les réseaux sociaux pour un enfant fragile comme il l'était, d'autant plus pernicieux qu'on ne savait pas toujours qui se cachait derrière les internautes. Les harceleurs y étaient donc encore plus effrayants. Annie redoutait le moment où son fils lui demanderait d'acheter un ordinateur et de s'abonner à Internet pour être comme les autres enfants. Et ce jour viendrait inévitablement…

Victor attendait avec impatience son entrée au collège sans savoir que des périls encore plus grands l'y guetteraient. Pour l'instant, il connaissait ses agresseurs mais qu'en serait-il plus tard s'il s'aventurait sur la toile ? Le pire n'était-il pas à venir ? Annie devait le mettre en garde, le préparer à ce qui l'attendait. Elle avait trop longtemps choisi la politique de l'autruche, espérant que les choses s'arrangeraient d'elles-mêmes. Maintenant elle savait que ce n'était pas la bonne démarche, qu'il valait mieux prendre le taureau par les cornes et anticiper le danger pour ne pas être pris au dépourvu. Elle ne voulait pas reproduire les mêmes erreurs en s'aveuglant elle-même, pensant que tout finirait par s'arranger avec le temps. Mieux valait prévenir les problèmes au lieu de se jeter tête baissée dedans. Son fils avait manifestement besoin d'être aidé pour surmonter ses peurs et affronter un monde de plus en plus redoutable, ce qu'elle ne pouvait pas faire seule. Vers qui se tourner ? Elle se sentait plus esseulée que jamais, plus démunie devant un avenir qui risquait d'être plus dangereux que ce qu'elle n'avait jamais imaginé dans ses pires cauchemars.

La seule personne à laquelle la jeune femme pensait tout naturellement pour l'épauler dans cette tâche ardue était son voisin, le Docteur Dubosc. Il avait toujours été là pour Victor dans les moments difficiles et Annie avait toute confiance dans son jugement. Mais accepterait-il de s'impliquer davantage dans leur vie, d'outrepasser son strict devoir de médecin ? Ce n'était pas la première fois qu'elle se posait cette question et, jusqu'à présent, elle l'avait éludée par amour propre mais aussi de crainte d'essuyer un refus. Mais la solitude lui pesait de plus en plus même si Victor restait au centre de ses préoccupations. Elle se promit de parler de ses inquiétudes au Docteur Dubosc dès que l'occasion se présenterait.

Chapitre 13

Un sauveur providentiel

L'occasion se présenta plus vite qu'elle l'avait prévu. Alors que Victor semblait relever la tête après le traumatisme qu'il avait subi un nouvel incident faillit provoquer une rechute. Il sortait de la bibliothèque un mercredi matin qui avait commencé comme tous les autres lorsque soudain il tomba nez à nez sur un groupe de jeunes beaucoup plus âgés que lui, à la mine patibulaire. Il ne les connaissait pas mais le signal d'un danger potentiel s'alluma dans sa tête. Instantanément, un tremblement le saisit. Des images le submergèrent. La panique était sur le point de s'emparer de lui, une fois de plus. Parviendrait-il à la contrôler ?

— Donne-nous ton portable, vite ! aboya l'un d'eux sur un ton qui ne laissait aucun doute sur ses intentions.

— Je n'en ai pas, répondit Victor dans un souffle.

Ce n'était que la stricte vérité mais son interlocuteur ne paraissait pas prêt à l'entendre. Son attitude devint plus menaçante au grand dam du jeune garçon qui ne voyait pas comment il allait se sortir de ce guêpier. Le peu de choses qu'il avait apprises avec Maître Cheng ne lui étaient pas d'un grand secours en l'occurrence, d'autant que la peur le paralysait, l'empêchait de réfléchir. Cependant il adopta machinalement une posture de défense, afin de se protéger un tant soit peu. C'était sans doute ce qu'il avait de mieux à faire. Pour ne pas se retrouver de nouveau à l'hôpital, il aurait bien obtempéré encore eût-il fallu qu'il le puisse. Sa mère avait toujours refusé de lui acheter un téléphone portable, prétextant qu'il était trop jeune pour en avoir un.

C'est alors qu'il entendit une voix providentielle prononcer ces mots salvateurs :

— Laissez ce gamin tranquille.

— On ne voulait pas lui faire du mal, Doc. On voulait juste lui emprunter son téléphone.

— Vous avez une curieuse façon de demander un service. Il vous a répondu qu'il n'en avait pas, alors fichez-lui la paix.

Tremblant des pieds à la tête et craignant qu'ils ne s'en prennent à lui, Victor lança un regard désespéré au Docteur Dubosc. Il fut à peine rassuré par le calme olympien de ce dernier mais son cœur battit moins vite. Il n'était plus tout seul. Et puis ses assaillants semblaient connaître son sauveur ce qui était plutôt de bon augure.

— C'est bon, Doc, ne vous fâchez pas.

La grosse brute qui s'exprimait ainsi ne faisait pas dans l'ironie. Le jeune paraissait sincèrement désolé d'avoir déplu au médecin. Ce que Victor ignorait c'était qu'il lui devait la vie. Atteint d'une grave maladie dans sa petite enfance, Tommy n'avait dû sa guérison qu'à la perspicacité du Docteur Dubosc alors qu'il était jeune interne à l'hôpital et lui en était reconnaissant. Il ne manquait jamais de le saluer poliment lorsqu'il le croisait dans le quartier.

— Emmène tes petits camarades et va voir ailleurs si nous y sommes. Mieux encore change de comportement. Tu me déçois beaucoup.

— D'accord, Doc ! Désolé !

Le Docteur Dubosc savait que Tommy n'était pas un mauvais gars, au fond. Il se disait aussi que Victor et lui avaient bien des points communs ; un mauvais départ dans la vie, des difficultés à trouver les bonnes adaptations aux situations difficiles qu'ils traversaient, un mal-être qui les rendaient vulnérables…Les maux physiques qu'il devait soigner jour après jour dans son cabinet avaient souvent pour origine une blessure de l'âme difficile à débusquer et les traitements prescrits n'étaient alors que des emplâtres sur une jambe de bois. Cela le désolait d'autant plus qu'il n'avait pas le loisir de consacrer autant de temps qu'il l'aurait souhaité à ces patients qui avaient surtout besoin d'avoir quelqu'un à qui se confier. C'était toute la difficulté de son rôle de généraliste : traiter le malade et non la maladie. Il avait choisi ce métier pour aider les autres, se sentir utile mais il avait trop souvent le sentiment d'avoir échoué sur l'essentiel. Avec Victor, il ne voulait pas passer à côté de ce qui lui tenait le plus à cœur. Ce gamin n'était pas seulement un patient. Il en avait vraiment pris conscience en le voyant en danger. Il s'était attaché à lui plus qu'il ne l'aurait cru possible et pour être honnête, à sa mère aussi. Peut-être était-il temps pour lui de faire face…

— Je te raccompagne chez toi, dit le médecin tout en l'aidant à ramasser les livres tombés à terre pendant l'incident. Tout va bien, ne t'inquiète pas. Je suis là !

Sans hésiter, Victor lui prit la main en le regardant avec reconnaissance. Le jeune garçon était encore secoué par son aventure qui aurait pu très mal se terminer sans l'intervention de son voisin. Mais maintenant il se sentait en sécurité.

— Merci, Docteur Dubosc.

Il n'avait pas besoin d'en dire plus. Il sentait confusément que ce qui venait de se passer était le début d'une nouvelle étape dans sa vie. Il avait lu quelque part que dans certaines civilisations celui qui sauve la vie d'une personne était lié à elle jusqu'à sa mort. En exagérant un peu, le Docteur Dubosc venait de lui sauver la vie donc…Cette idée était trop délicieuse pour qu'il y renonce.

— Comment te sens-tu ?

— Bien, maintenant...

— Tu sais, je pense qu'ils ne t'auraient rien fait mais leur attitude est inadmissible.

— Je n'ai même pas de portable !

— Je sais. Allons, il faut relativiser la situation. Je ne veux pas que tu te rendes malade pour ça. Je vais te ramener chez toi et je parlerai avec ta maman lorsqu'elle rentrera du travail.

Victor était ravi. Depuis longtemps il rêvait de voir sa mère et le Docteur Dubosc se rapprocher. Peut-être avait-il même parfois exagéré certains de ses malaises pour provoquer une rencontre… Certes il aurait préféré que sa mère ignore cet incident car il savait que cela allait l'inquiéter encore un peu plus. Mais l'occasion était trop belle !

— Je dois retourner au cabinet, lui dit-il après l'avoir laissé devant la porte de l'immeuble, mais je passerai ce soir. Pas d'imprudence d'ici là.

Victor ne se rendit pas à la bibliothèque cet après-midi-là, il révisa ses leçons pour le lendemain en attendant sa mère. Il avait un peu de mal à se concentrer sur son travail car les images défilaient en boucle dans sa tête, réactivant le souvenir douloureux de sa précédente agression. Tout était allé très vite si bien qu'une fois de plus il se demandait s'il aurait pu agir autrement et surtout ce qui se serait passé si le Docteur Dubosc n'était pas intervenu. Il se repassait le film pour la énième fois quand sa mère arriva. Cependant il hésita à lui raconter sa mésaventure lui-même. Sans doute valait-il mieux laisser Doc, comme l'appelait son agresseur, s'en charger puisqu'il l'avait proposé. Il n'eut pas à se poser la question longtemps car la sonnette de la porte retentit.

Chapitre 14

La dernière chance

Annie fut très étonnée de voir le Docteur Dubosc s'encadrer dans la porte. Ce dernier comprit tout de suite que Victor n'avait pas pipé mot de l'incident. Au fond, c'était aussi bien que ce soit lui qui s'en charge. Il ne voulait pas paniquer la jeune femme qui avait déjà été très éprouvée par l'agression du garçon deux mois plus tôt. C'est donc avec d'infinies précautions qu'il lui raconta ce qui s'était passé.

— Ce n'est pas possible ! s'écria-t-elle. Ce cauchemar ne va pas recommencer…Pourquoi faut-il qu'on s'en prenne toujours à lui ?

— Rassurez-vous. Victor va bien. Ils ne l'ont pas touché. Il y a eu plus de peur que de mal.

— Mais que se serait-il passé si vous n'étiez pas arrivé ? Il commençait à peine à se remettre, à surmonter…

Des sanglots l'empêchèrent de poursuivre.

— Nous allons l'aider. Il faut être forte pour lui.

Dans le couloir, Victor écoutait la conversation sans se montrer, espérant que le Docteur Dubosc prendrait sa mère dans ses bras pour la consoler. Il se disait qu'il y avait peut-être une raison cachée à tout ce qui lui arrivait. Donner du sens ! Plus que jamais il en avait besoin pour accepter et avancer. S'affirmer, mûrir, grandir…Surtout ne pas rester l'éternelle victime ! Maintenant qu'il avait Bao et, il l'espérait de tout son cœur, le Docteur Dubosc pour l'aider, il ne se sentait plus aussi seul.

Annie se reprit, encouragée par les attentions prodiguées par son voisin auxquelles elle n'était pas insensible. Elle savait qu'il avait raison. Elle esquissa un sourire. Victor choisit ce moment pour passer la tête par la porte.

— Je vais bien maman, ne t'inquiète pas.

— Pourquoi ne m'as-tu rien dit quand je suis arrivée ?

— C'est moi qui le lui ai conseillé, intervint le Docteur Dubosc pour apaiser les tensions.

Il voulait avant tout éviter que cet incident ne provoque un nouveau traumatisme pour la mère autant que pour l'enfant. Ils devaient relativiser sinon la peur risquait de devenir permanente. Victor avait été déscolarisé pendant deux mois mais il était parvenu peu à peu à reprendre une vie normale. Il ne fallait pas que cela soit remis en cause ; pire, que la phobie scolaire se transforme en peur de sortir de chez soi.

— Il serait grand temps d'envisager une thérapie pour vous aider à aller de l'avant. Libérer la parole. Je connais un psychologue très compétent. Allez le voir de ma part. Je serai là aussi bien sûr, ajouta-t-il en lisant de la déception dans les yeux de Victor.

— C'est entendu, répliqua Annie.

Elle était prête à tout pour permettre à son fils d'avoir une vie équilibrée mais elle ne pouvait s'empêcher de penser que ceux qui le tyrannisaient avaient eux aussi bien besoin d'une thérapie. S'ils ne cessaient pas de s'en prendre à son fils, comment les choses pourraient-elles s'arranger ?

— Il doit y avoir des associations qui s'occupent de ce genre de problèmes, pensa-t-elle soudain. Je vais me renseigner.

— C'est une excellente idée, approuva le Docteur Dubosc. Vous pourriez leur demander d'intervenir dans l'école de Victor pour faire de la prévention. Cela porte souvent ses fruits en provoquant une prise de conscience chez ceux qui harcèlent ainsi que chez les témoins passifs. Je vais me renseigner de mon côté. Nous allons trouver des solutions, je ne vous laisserai pas tomber.

Il avait dit ces derniers mots avec un regard appuyé en direction d'Annie qui n'échappa pas à Victor. Le garçon jubilait intérieurement de voir son plan fonctionner ce qui avait aussi pour effet de lui faire oublier sa frayeur de la matinée. Si l'idée de voir un psy ne l'emballait guère, il pensait que discuter avec d'autres victimes pourrait l'aider à trouver le bon comportement à adopter pour se soustraire aux brimades qu'il subissait depuis des années. Il était bien décidé aussi à mettre Bao dans la confidence car il savait qu'elle était toujours de bon conseil et surtout qu'elle l'appréciait en dépit de ses faiblesses. Du haut de ses dix ans, Victor comprenait que tout ce qui pouvait le mettre sur le chemin de la guérison était bon à prendre. Toutes les stratégies devaient converger vers un même but : l'estime de soi. Et il savait maintenant qu'il ne serait plus un acteur passif mais qu'il allait prendre en main son destin. Même si on ne maîtrise pas tout on est libre de ses choix et on doit les assumer. Il avait déjà commencé, rien ne l'empêcherait de parvenir à son but.

Une semaine plus tard, Victor et Annie assistèrent pour la première fois à une réunion d'un groupe de parole sur le thème du harcèlement scolaire. Partager ses expériences est important pour avancer. Ce qu'Annie découvrait était bien au-delà de ce qu'elle avait imaginé en se documentant sur le net. La douleur des enfants et de leur famille était palpable, poignante, insupportable parfois mais tout valait mieux que le non-dit qui ronge de l'intérieur et anéantit. Victor se retrouvait dans le ressenti des autres, il se sentait en confiance pour parler de lui, faire sortir ce qu'il n'avait encore jamais avoué à personne, même à Bao, par honte de se montrer à nu, évacuer tout ce qui le détruisait petit à petit. Crier sa détresse pour la surmonter. La parole est libératrice.

Ce premier pas fut encourageant. Annie et Victor décidèrent donc de poursuivre dans cette voie, sans négliger pour autant les autres possibilités qui s'offraient à eux. Le Docteur Dubosc tint sa promesse de rester à leurs côtés pour les accompagner dans cette démarche difficile mais salvatrice. Le chemin serait long mais l'espoir les accompagnait désormais. La sensibilité exacerbée de Victor, qui avait fait de lui une victime, pouvait devenir une force s'il apprenait à la gérer et surtout à vivre avec sans culpabiliser.

Les grandes vacances arrivèrent enfin et Victor quitta sans regret cette école primaire où il avait tant souffert. Il tournait une page de sa vie qu'il voulait oublier. Enfin pas tout…Un rayon de soleil avait éclairé cette nuit…Bao !

ÉPILOGUE

Cinq ans plus tard…

Il avait fallu cinq longues années, éprouvantes et chaotiques, semées d'embûches et de chausse-trappes, avant que Victor ne sorte définitivement de ce cauchemar du harcèlement scolaire qui l'avait rendu si malheureux. Mais ce combat, il l'avait enfin gagné. Pas tout seul, bien sûr. Avec l'aide précieuse de sa mère, de Bao et de ses parents, du bon docteur Dubosc mais également d'une association luttant contre le harcèlement scolaire et d'un psychologue. Tout avait été mis en œuvre pour l'accompagner jour après jour, pour surmonter les moments de découragement, voire de désespoir, qui n'avaient pas manqué de survenir de temps à autre.

L'entrée en sixième si attendue n'avait malheureusement pas été une rupture franche du processus de harcèlement qui avait pris des formes différentes, plus sournoises parfois, plus dangereuses. La période de la préadolescence et de l'adolescence est particulièrement à risque pour ceux qui sont fragiles, mal dans leur peau, au point que certains en arrivent même à se scarifier ou à faire des tentatives de suicide pour manifester leur mal-être et demander de l'aide. Certains en meurent même parfois dans l'incompréhension générale…Comment concevoir qu'on en arrive à mettre fin à ses jours lorsqu'on a toute la vie devant soi ? Comment accepter l'inacceptable ?

Mais la persévérance de Victor, son opiniâtreté avaient fini par être payantes au bout du compte. Il était parvenu à apprivoiser son propre corps, à s'en rendre maître grâce au kung-fu qu'il avait pratiqué assidument toutes ces années. Cette discipline exigeante lui avait permis de s'accepter tout en se surpassant pour atteindre l'objectif qu'il s'était fixé en secret : ressembler à ses héros préférés et conquérir l'estime de Bao.

Les deux jeunes gens étaient devenus inséparables. Une amitié profonde et sincère les liait à tout jamais. Si Bao l'avait aidé à prendre confiance en lui-même et à se découvrir, Victor n'avait pas été en reste ; il avait permis à son amie de mieux comprendre son pays d'adoption, de s'y sentir acceptée. Cet échange fructueux avait renforcé leurs liens, d'autant qu'ils avaient eu la chance de se trouver dans les mêmes classes au collège. Tous deux avaient apprécié ce coup de pouce du destin.

Annie et le Docteur Dubosc s'étaient rapprochés aussi. La jeune femme avait enfin compris qu'en se repliant sur elle-même elle donnait un mauvais exemple à son fils ; s'il acceptait de s'ouvrir aux autres, elle devait faire de même et se donner une nouvelle chance d'être heureuse. Le fait que Victor ait de l'affection pour le Docteur Dubosc avait grandement facilité les choses. Leur relation avait peu à peu évolué. Il était même question depuis peu de mariage…

La réputation de Maître Cheng et de son dojo n'était plus à faire. Les élèves affluaient de toute la région. Victor n'était pas le seul à s'y être épanoui. Garçons et filles y apprenaient à vivre ensemble dans l'harmonie et le respect des autres. Une leçon de vie plus encore que la pratique d'un sport.

Quant à la maman de Bao, elle donnait depuis quelques mois des cours de mandarin et de calligraphie dans des écoles, des maisons de retraite ou des Maisons de la Culture. Ce n'était peut-être pas aussi prestigieux que ce qu'elle avait connu en Chine et ce qu'elle avait espéré retrouver en France mais elle se sentait utile et cela lui suffisait pour l'instant. Faire découvrir des facettes méconnues de son pays natal lui apportait un grand réconfort quand la nostalgie de ce qu'elle avait dû abandonner la prenait. Elle s'était aussi beaucoup attachée à Victor et à Annie, leur apportant son soutien dans ce long combat quotidien qui était le leur.

L'année de l'entrée au lycée de Victor et de Bao avait été un tournant décisif dans la vie des deux jeunes gens. Victor avait enfin trouvé un équilibre qui lui permettait de se sentit comme les autres, de ne plus redouter le regard déstabilisant de ses camarades. En fait il avait appris à s'en moquer, à ne plus leur accorder d'attention ce qui était le plus sûr moyen de s'en protéger. Ce n'était pas tant les autres qui avaient changé que lui-même. Le long travail sur soi avait enfin porté ses fruits et cela le rendait très heureux. Il s'était enfin accepté tel qu'il était avec ses forces et ses faiblesses. Ce bonheur, il le partageait avec Bao, sa fidèle amie, à qui il devait tant.

Maintenant Victor parvenait enfin à se projeter dans le futur, à faire des projets qui n'étaient plus des chimères livresques. Certes il lisait encore beaucoup mais il ne cherchait plus seulement des héros auxquels s'identifier et une évasion du monde horrible qu'il subissait. Il découvrait que la vie était rude pour beaucoup de gens encore moins chanceux que lui et la prise de conscience de la souffrance des autres l'aidait à relativiser la sienne. Il voulait pouvoir un jour aider ceux qui en avaient besoin. Pourquoi pas en étudiant la médecine pour se rapprocher encore un peu plus de Doc, comme il l'appelait maintenant, ou la psychologie? Une chose était certaine, c'était qu'il ne voulait plus être une victime mais quelqu'un qui lutte contre l'injustice sous toutes ses formes. Ce serait son nouveau combat désormais, un nouveau défi qu'il se lançait…Saurait-il aller au bout de son rêve?

Table des matières

OUVRAGES DU MÊME AUTEUR

ROMANS

Le secret de l'aïeul

Pierre Courage, bâtisseur de cathédrale

L'ermite de la forêt de Brocéliande

Le fantôme du manoir de Lockmor

La fugue

Les enquêtes de Théo

Les farces d'Olivier

Les Trilogies

MATHIEU L'ENLUMINEUR

Mathieu l'enlumineur (tome 1)

Éléonore, duchesse d'Artois (tome 2)

Pierre Arnaud, l'apprentissage d'un chevalier (tome 3)

L'ETRANGE DESTIN DE JEHAN

L'étrange destin de Jehan, jongleur à Notre-Dame (tome 1)

Sur le chemin de Saint Jacques de Compostelle (tome 2)

Le Portrait d'Isabeau (tome 3)

LE ROBOT DE GASPAR

Le robot de Gaspar (tome 1)

La fiancée du robot (tome 2)

Les nouvelles aventures du robot (tome 3)

LA TRIBU DES DUCRESSON-DUJARDIN

Quelle galère ! (tome 1)

La tribu s'agrandit (tome 2)

La tribu part en vacances (tome 3)

RECUEILS DE CONTES ET NOUVELLES

Le chevalier Gui et la forêt ensorcelée

Le fils d'Yves le Rouge

Le Portrait

Les lunettes magiques

La Chouette

Le collectionneur de boîtes russes

Le cheval à bascule

Contes de la forêt

Contes de la mer

Contes de la montagne

Histoires courtes pour s'endormir

Histoires courtes pour avoir peur

Un Noël pas comme les autres

Un Noël pas comme les autres, illustré

L'escapade du Père Noël

Contes de Noël

La magie de Noël

Isadora

Au cœur du Moyen-Âge

Petites histoires d'animaux pas si bêtes

Livio Éditions
184 Avenue Frédéric Mistral
83110 Sanary-sur-Mer
ISBN : 978-2354550400
Prix de vente TTC : 10€
Dépôt légal : novembre 2020